修身小集

XIU SHEN XIAO JI

周越然 著

北方文艺出版社

图书在版编目（CIP）数据

修身小集 / 周越然著 . -- 哈尔滨 : 北方文艺出版社 , 2019.6
ISBN 978-7-5317-4515-0

Ⅰ . ①修… Ⅱ . ①周… Ⅲ . ①杂文集 – 中国 – 现代
Ⅳ . ① I266.1

中国版本图书馆 CIP 数据核字 (2019) 第 080445 号

修身小集
Xiushen Xiaoji

作　者 / 周越然
责任编辑 / 路　嵩　富翔强
封面设计 / 琥珀视觉

出版发行 / 北方文艺出版社
发行电话 / (0451) 85951921 85951915
地　址 / 哈尔滨市南岗区林兴街 3 号
邮　编 / 150080
经　销 / 新华书店
网　址 / www.bfwy.com

印　刷 / 北京洲际印刷有限责任公司
开　本 / 880mm × 1230mm　1/ 32
字　数 / 188 千
印　张 / 9
版　次 / 2019 年 6 月第 1 版
印　次 / 2019 年 6 月第 1 次印刷

书　号 / ISBN 978-7-5317-4515-0
定　价 / 34.00 元

周越然的书

陈子善

日前在深圳见到一位收藏界后起之秀，他出示一份所藏清代以降藏书家手札目录，自朱彝尊起，至黄永年止，名家汇集，洋洋大观。但笔者发现其中有个重要的遗漏，周越然并不包括在内。应该指出的是，周越然墨迹存世很少，也是不争的事实。

余生也晚，知道周越然的名字已在1980年代后期了。那时为搜寻张爱玲作品，查阅1940年代上海的《杂志》《风雨谈》《古今》《天地》等文学和文史掌故杂志，经常见到周越然的妙文。后来又在旧书摊上淘到周越然的《书书书》《六十回忆》等著作，始知周越然并非藉藉无名，等闲之辈。然而，我们已经把他遗忘得很久了。

周越然（1885—1962）原名文彦，又名復盦，浙江吴兴（今湖州）人，藏书家、编译家、散文家和性学家。他是清光绪三十年（1904年）的秀才，又是南社社员。曾执教江苏高等学堂、安徽高等学校和上海中国公学等校，是严复弟子，为辜鸿铭所赏识，戴季陶则向他从过学。他精通英语，1915年起任职商务印书馆编译所英文部近二十年之久，编译各类英语教科书和参考书籍三十多种，尤以《英语模范读本》销数最大，几乎垄断当时全国的中学语文课本。他

1940年代专事写作。1950年代先后在上海水产学院教授英语和从事图书馆工作。

根据现有资料可知，周越然生前出版了《书书书》（1944年5月上海中华日报社初版）《六十回忆》（1944年12月上海太平书局初版）和《版本与书籍》（1945年8月上海知行出版社初版）三种谈书的书，《情性故事集》（1936年7月上海天马书店初版），《性知性识》（1936年7月上海天马书店初版）二种谈性的书。虽然还不能说周越然已经著作等身，但如果说他著述甚丰，影响不小，却是完全符合史实的。

由此可见，周越然是早该进入文学史的人物。1980年5月台北成文出版社出版的刘心皇著《抗战时期沦陷区文学史》里就出现了周越然的名字，称其“藏书有外国古本，中国宋元明版，中外绝版三种。数量之多，更是惊人”。这大概是文学史著作首次写到周越然。1995年2月上海人民出版社出版的陈青生著《抗战时期的上海文学》里也写到周越然，特别对周越然的散文给予颇高的评价。此书论及上海沦陷时期的“清谈风”与“怀旧热”散文时，给周越然以相当的篇幅，认为周越然的“书话”“专谈古书版本流变及伪赝‘古书’的识别，举证周详，论列精细”，而周越然“将有关‘书’的广博见识，用半文半白、亦庄亦谐的文笔写出”，“在中国古今同类散文小品中，显示出承前启后的独特个性”。至于周越然的“忆旧散文”，也自有其风格，“没有严密的秩序，忆及即写，散漫随意”，“下笔也比较自由，叙已述人或谈事载言，虽未必确切周到，却不失真实生动”。这是内地文学史著作写到周越然之始，都不能不提。

自1990年代中期起，随着内地出版界思想的解放，选题的多样，重印周越然著述逐渐付之实施。据笔者粗略统计，已经出版的周越然著述有如下七种：

《书与回忆》（1996年9月辽宁教育出版社初版）《言言斋书话》（徐雁等编，1998年9月陕西师范大学出版社初版），《周越然书话》（陈子善编，1999年3月浙江人民出版社初版），《言言斋古籍丛谈》（周炳辉编，2000年2月辽宁教育出版社初版），《言言斋西书丛谈》（周炳辉编，2003年3月广西师范大学出版社初版），《夹竹桃集：周越然集外文》（金小明、周炳辉编，2013年3月中央编译出版社初版）。

这些周越然作品集当然各具特色，对传播周越然其人其文所起的作用自不待言。但是，除了集外文的发掘整理，它们大都是重新编排的选本，而非周越然著作的初版原貌。这是一个明显的不足，因为读者无法从中得见周越然自己编定的集子，也即无法品尝周越然作品集的原汁原味，不少读者对此深以为憾。

从这个意义讲，北方文艺出版社此次新版"周越然作品系列"，首批印行周越然生前编定的五种作品集，就令人大为惊喜了。不但周越然脍炙人口的《书书书》《六十回忆》《版本与书籍》三种据初版本重印，《性情故事集》和《性知性识》两种生动有趣的性学小品集更是1949年以后首次与读者见面，极为难得。此后还将陆续印行《修身小集》《文史杂录》《古籍丛谈》等周越然集外文辑。"文字飘零谁为拾？"这部真正是原汁原味的《周越然作品系列》的问世，正好较为圆满地回答了百岁老人周退密先生当年的诘问，也必将对周越然研究有所推动。

也许因为笔者以前编过《周越然书话》，王稼句兄不弃，嘱为北方文艺出版社这部颇具新意的《周越然作品系列》写几句感言，拉拉杂杂写了以上这些话，聊以塞责，不当之处，谨请高明指教。

丙申初冬于上海梅川书舍

目录

天气与心理

空气细微的震动，马上可以改变风标的方向（日本人称风标为“风见”，似甚切合），这是我们看得见的；尚有看不见的，就是我们的心，我们的心理。心或心理，也随天气而变。狂风暴雨之日，我们的感觉，我们的喜怒哀乐，当然大异于清明温和之日的。在黄梅节那几天中，法官往往施刑较重，因为他自己闷得很呀。在大寒天气，法官拿细小的案子，审了又审，问了又问，不肯速判，他并非有意延宕，实在因为自己的身体有些畏缩呀。

我们写“文章”的人，也是这样。在晦暗之日，我们所写的，无不悲惨；在晴明之日，我们写的，大都欢悦。我们为什么骂人？因为天气恶劣，自己的情绪欠佳的缘故。我们为什么谄人？因天高气爽，自己的情绪太佳的缘故。

所以，阴雨之时，最好不要出门，否则讲不定受人欺侮。在温和之日拜访朋友，决无被逐被讥等情。

希腊大诗人荷马，有诗两行，咏天气与心理的关系。我今将其大意译成四行如下：

心随天气而变兮——

随寒随热又随温。

或喜怒或哀乐兮，
风霜雨露为之根。

原载一九四四年四月二十二日《新中国报》

人心不足

人心不足，可以拿二十个字的一首五言诗来描摹它。诗极劣极陋，是我自己做的，如下：

已经到手者，
样样都惹气。
倒是未得者，
反觉多趣味。

这就是说："做了皇帝要登天"。——人总是不易满足的动物。没有娶过妻子的少年，以为自由结婚之后，一定夫唱妇随，可以享尽人生之乐；等到蜜月旅行之后，他发现了他"夫人"的许许多多缺点，有些不满意了；他又想跳舞，又想征妓，又想喊向导女[①]了。

读书人也是这样。——也往往自觉不满。没有见过宋版《史记》者，立时立刻想要看一看；真的求到了，他不细读，把它置之高阁而已。没有阅过明刻"瓶书"者，到处寻访，以为奇言异行，都在那部书中；等到购得了，又何尝研究呢？

人总是不满足的。坐人力车者，想坐汽车；住平屋者，想住楼房；

① 系旧上海变相的妓女。

穿布衣者，想穿绸服；吃便饭者，想吃大菜；生活已经解决者，还想发大财；已发大财者，还想发到一千万，一万万。

知足与不知足，完全是个人的心境。我看你光景很好，理应知足；然而你自以为很苦。你看我景况很苦，理应不满；然而我以为极乐。心境造成人之苦乐，不在乎财帛之多寡，也不在乎事物之新陈。多的、新的人，不一定知足；寡的、陈的人，不一定不知足。总之，人心不足，如蛇要吞象。

原载一九四四年四月二十六日《新中国报》

单纯与虚饰

希腊哲学大家苏格拉底的大名，我想大家早已听见过了。他的声誉最高，世界上不论哪一国的人，不论哪一教的人，没有不佩服他的。他虽然像我们的孔子，没有自己亲笔写成的著作，但是照他两位弟子所记下的来看，已足见他的伟大了。他的两位弟子，一位巴拉图[①]，其他一位是赛诺芬[②]。

我称他伟大，因为他能单纯而不虚伪。“单纯”就是“简易”，“虚伪”就是“做作”。苏格拉底在谈话中，所用的字，所引的事，都是平凡的，都是明白的。他不引经据典，他往往称“某农夫这样讲”“某姓妇那样讲”。他拿了靴鞋匠、泥水匠、木匠、车夫的言语和行为，做他辩论的根基，做他哲理之前提。所以听他讲话的人，个个都心满意足。因此，我们知道，与其说“伉俪”，不如说“夫妇”；与其说“昔在龆龀”，不如说“我在八、九岁的时候”。请阅下面四字歌：

庸言庸行，
每含至理。
虚伪骄慢，
不得与比。

---

① 今译柏拉图，希腊哲学家。

② 今译色诺芬，希腊历史学家及作家。

我们现在看了苏格拉底的讲话，觉得不能明白的地方很多很多。为什么呢？因为一方面我们不懂希腊当时的白话（方言），另一方面，我们没有好的译本。英人裘伟德的译文，可称最佳的了，然而也不是最完美，无可改良的。

原载一九四四年四月三十日《新中国报》

人心不常

人心不常，等于日光。

我们称日光为光线。线总是连续不断的。日光不连接，实在不是“线”。日之发光，与射箭差得不远——第一箭射过，第二箭再来；旧光先灭，新光后来。不过，发光较射箭快些；后先相继，迅速之至，我们看不见，看不清楚就是了。

人心颇似日光，也是变动不已，新陈互易。识字读书的人，今天看《水浒》，明天忽然要看《汉书》；已经结婚的人，此刻对于其妻，怒目视，迟一迟又要“达令，达令”地大喊大叫了。

人心的不常，另外还有证据，让我再来讲罢：

古时某大将，到外国去远征，已经派定甲队向甲路进攻，乙队向乙路进攻，丙队向丙路进攻了，他独自一人在营中踱来踱去，坐了又立，立了又坐。忽然他用手向西一指，狂笑不已；他又板起面孔，拍台拍凳，放声大哭。他先笑后哭岂不痴狂么？岂不发痴么？不，不，他并不痴狂，也不发痴。他笑，因为他知道他的兵士已经胜了。他哭，因为他恐怕他的士兵死亡太多。

非独行军大事，就是日常小事；我们的心也是这样不定，这样变动。数日前，我在书室中静坐，忽然想到廿岁以前的情景。我想到我进秀才的时候，报子来敲锣的时候，不觉狂喜。我跳起来，且大笑三声……我又想到五年前家母弃世之时，不觉暗暗流泪。前后相隔，不过数分钟，我的心变得快么？我的心真与日光相似了。

请观下面的三字日光歌：

太阳光，
如射箭，
旧者灭，
新者见。

时时断，
刻刻变，
不连接，
不是“线”。

原载一九四四年五月二日《新中国报》

默　祷

不信教的人们，虽不求神拜佛，有时也作非正式的祷告，默默问天要这样或那样。未结婚者，向天索美妻；不生育者，向天索儿女；贫者病者，向天索财帛，索健康。今人如此，古人亦然。

希腊哲学大家苏格拉底氏的祷告最妙，他不贪财，不爱宝——他不知道自己需要的是什么，所以他对众神“讲话”的时候，总不说出自己的愿望来。他不说“我要什么”或“我求什么”，他只说“请拿最适合我者赐我”。他自己不打主意，他要众神替他打主意，他自己不选择，他要众神代他选择。那就是苏格拉底的聪明呀！有许多人，理应一世愚笨的，忽然得了才智，反而不幸；有许多人，理应一世贫穷的，忽然发了横财，反而倒霉。近人近事不敢提，让我来讲一个可笑的古人罢，请阅下文：

儿童读物中常载一个古时希腊嗜好黄金者的故事。那个贪黄金者，名字叫做马达士（Midas），他一天到晚，一年到头想要黄金，他有了还要有，得了还要得。他所积集的黄金，已经不少，然而他仍不满意，他常常求神，做祷告，要他们把“着手成金术”赐给他。“着手成金”，就是用手一触，不论铜铁瓦块立即变为黄金的意思。

他的祈祷，众神果然准了，于是他的衣帽，他的床铺，他的爱女，他的食物都变成黄金了，他富极了，然而他也穷极了。他有了这许多黄金，连一餐苦饭都吃不成功——岂不倒霉么？岂不立时立刻要饿死么？下面的四言歪歌是咏马氏的：

“着手成金”，
其术堪钦！
惜乎爱女，
有形无音。

既缺饭食，
又乏衣衾。
哀哉马氏，
险哉贪心！

我们不迷信则已，倘然我们天生迷信而好作祈告，那末势非采用苏氏的方法不可。苏氏的方法，就是请神明代择。神明倘然真的灵的，他们可以赐财赐福，也可以赐病赐死，请大众注意。

原载一九四四年五月五日《新中国报》

讥与誉

讥就是骂，誉就是赞。两者相较，骂容易受，赞反难受。这是我个人的意见，想他人未必皆然。

我个人的意见，非再细细说明不可，请诸君看下面所写的：

倘然有人骂我为“乌龟忘八”，我非独不声不响，不回驳，并且一点也不生气，不发怒。为什么呢？因为我不是乌龟，未曾忘八。他骂错了人，他不骂我，他骂另一个人。那另一个人，或者真的忘八，或者其妻不“忠”。再倘然有人骂我为嫖客，骂我为赌徒……我也相等的冷淡。我不打茶会，不上跳舞厅，不叫向导社[①]——我不是嫖客。我从廿八岁起到今年六十岁，没有玩过马将，其他牌九、扑克，更不必提了，我不是赌徒。

现在回转头来，讲赞誉：

倘然有人称赞我年岁高，子孙多——“多福多寿”，那是存心玩笑，“吃豆腐”。我的年岁，与马相伯比较起来，真的小巫见大巫了——我还是一个小孩子。我的子女，虽然比别人多些，然而他们要我抚育，要我嫁娶，多少受累呀！哪里是福？

或者有人称我为道学家，称我为科学家，……我决不欢迎，决不感谢。

我又要作歌了，如下：

---

① 系旧上海变相的妓院。

（一）誉

人非铁石，
都喜佳誉。
“天比地低”——
岂不是虚？

（二）讥

我不作恶，
故不怕骂。
“乌龟忘八”——
字字皆假。

最末，我们应该知道，讥与誉互比，誉实危险，讥则不然。臭骂我们的人，虽有恶意而无恶心；将我们大大骂过之后，他的怒气出了，事情就完了。奉承我们的人，既有恶意，而又有恶心。钱谦益的弟子某某，常常来赞他，说他的某一诗如何美雅，某一联如何卓越。钱氏总不大理睬，旁人问道：“他这样称赞，你何故这样冷淡？”

钱氏道：“他不是来赞，他是来探。将来拿了我的著作，去告发我的就是他，你们静待好了。”后来果然！所以对于臭骂者，我们不必注意；对于过誉者，我们应该谨防。

原载一九四四年五月六日《新中国报》

愈有愈要

没有的物，非要不可——这是正常的，等到有了，还想新的——这是异常的，不论男女老幼，凡属人类，总有这两种心理，总离不了先正常而后异常，先异常而后更加异常。

先言衣：当冬日下雪结冰的时候，我们要穿棉衣，这是正常的心理。得到了棉衣之后，要改穿皮衣，要装置火炉，要添设水汀，这是“愈有愈要”，不正常了。

再言住：住平房的人，想住楼房；住楼房的人，想住洋房，想住大厦。人们总是这样“得陇望蜀”的，总是这样心不满，意不足的。

末言行：轧电车的人，想叫黄包车；坐黄包车的人，想乘自备汽车。请阅者自己想一想，你有没有这种心理？

正常就是实惠，就是需要。异常就是虚饰，就是多余。邮票用以寄信——正常，集邮以为古玩——异常；购书校书——正常，收藏古本——异常。这种正常和异常的实例很多，随处可见，随时可见，我何必多举呢？

不过，有一件事不得不讲给诸君听，就是：世界上靠异常心理吃饭的人多，靠正常心理吃饭的人少。你看，上海市上发售的唇膏、牙膏，发售的古磁、古画，发售的补药、补针……都是多余之物。发售的人们，因为明白心理学，明白人皆异常，所以能够赚钱，并且所赚的钱较“正常”商人为多。请阅下面的四言诗：

人之心理，
大都异常。
既有绿衣，
还想红裳。

既食螃蟹，
还要虾汤。
既得楼屋，
还觅洋房。

所需已足，
何事奔忙？
“得陇望蜀”，
荒唐荒唐！

原载一九四四年五月八日《新中国报》

兽之友谊与爱情

关于友谊与爱情两事，人不如兽。人的友谊和爱情，反而不及兽的友谊和爱情。我们——人——自以为“万物之灵”，既富友谊，又多爱情，其实不然。我们一言不合，马上绝交。我们“柴米夫妻”，真诚何在？我们人与人间的友谊和爱情是很有限的。我们的友谊，我们的爱情，大半是虚伪的，大半都含有特别目的。

兽之友谊和爱情，非独真实诚笃，并且绝无目的。我先来讲两只狗的故事，以见上面所说者，并不虚谬。希腊古代贵族李时玛葛氏蓄一犬，名字叫做閤家奴使，主人死了，它不饮不食，身不离主人之床，焚尸的时候（火葬），它投入火焰中自尽了。希腊另外还有一犬叫做碧绿丝的，也在主人死后殉葬。那两只狗的故事，虽然只见于野史，而不见于正史，然藉此亦可以知道它们对于人类的友谊。

兽对于人也有爱情，且极奇特。请阅下面的故事：

希腊——希腊又来了——希腊诗人亚立斯吐非尼司爱上了一个卖花女子。同时，城中有一巨象也爱上了那个卖花的。一人一兽，彼此争夺。亚氏每天早晨非到市上去看她，和她讲话不可。象不能讲话，但是它也每天去看她，并且非看她售货完毕，离开市场不止。有时那只象，竟异想天开，拿鼻子去强卷别人的水果，丢入卖花女的篮内。有时——更加奇怪了——它拿鼻子在卖花女胸前，乱撞乱动……这不是爱情么？

上面所讲的，都是兽对于人的友谊和爱情。它们对于同类，也有友谊，也有爱情，让我来约略述一、二件事，如下：

马之“爱”马，不在面貌，而在毛色。厩中本来所有的两匹白马，交情甚为淡薄。一日，主人新购一褐色者，牵入时，一白者马上和它并立，和它亲热；另一白者，也有和它接近之意，但因有先占者，不再多露友谊。

兽之爱情最专，它们择偶亦极严。它们的妒忌，恐怕不在我们之下罢。它们也要争风，也要“吃醋”，那种实例甚多，我想不必一一举出来。现在请诸位费些时间，看下面的人、兽歌：

（一）人　歌

请饭请酒，
都是朋友，
一旦失势，
大家分手。

为什么呢？
“我无所受”，
照此讲来，
人不如兽。

夫妇子女，
互索互负，
你拍我吹，

类乎小丑。

一言蔽之，
曰“不怕丑”，
照此讲来，
人不如兽。

（二）兽　歌

兽有真情，
知爱其偶，
兽有友谊，
待人谨厚。

为主殉身，
为主奔走，
照此讲来，
人不如兽。

兽所得者，
冷饭一口。
人遇欢乐，
将它揉揉。

倘然发怒，

东击西殴，
照此讲来，
人不如兽。

原载一九四四年五月九日《新中国报》

作家成名之累

我所谓作家，指有书本出版的人而言。我所谓书本，指一百叶以上的文集、诗集，或专门著作而言。所以为书局编教科书者，或为日刊期刊写小品者，我都不当他们为作家。所以我自己不是作家。

作家有成名的，有不成名的。不成名的以为成名之后，心中所要的“黄金屋”，心中所要的“颜如玉”——心中所要的一切——可以不求而得。其实何尝如此？我现在以“作家成名之累”为题，讲他们的苦楚——是小说，也是实事：

张姓少年，是富家子弟。他在二十五岁大学毕业后，就注重文艺，立志创作，到了三十二岁已经成了《哲学论》一巨册，又《纪游诗》四百首。他把稿子送给“名家”批评的时候，大家都说好，大家都称赞不已。

他决意将稿子付印，但自己又转念道：“还是卖稿呢？还是抽版税呢？”

全城大小出版家，都对他说道：“目下时局不好，纸张缺乏，无力购买稿子，更无法实行版税制度。”

但是著作不出版，人们怎能知道他的能力呢？他怎能成名呢？他不得已，只好自己付排工、印工，自己付纸价，把他的著作来问世。

他每天到印刷所去看校样。忙了六个月，一本文集，另外一本诗集都印成装好了。他一共印成文集二千部，诗集一千部。他一共付去五万余元，告白费还不在内。

第一天出版的早晨，来了文艺界的好友二十余人，各得文集一册，诗集一册。

他们得了书，马上就打开来念，念了就赞；念之不已，赞之不已——到了十一点半，主人请他们到外边去吃饭，他们还要念，还要赞。主人开了四瓶白兰地，四瓶香槟酒，总算把他们的读书声和赞美声淹住了。

第二天早晨，又来三十多人，又每人各得文集一册，诗集一册。每人又各大念大赞。主人又请他们去大吃大喝。

第三天早晨，第一天来过的朋友又来了。他们说道："文集诗集中，除了前日所见的那些优点外，我们又找到许多新奇的理论，精美的辞句。我们今天特地来作报告的。"那一班人又得到了好菜好酒。

那天下午，张"大家"自言自语道："他们每天有这许多人来，我要给他们诗文集，还要请他们吃喝，长此下去，怎样好呢？我想我不如暂避的好。我把书托书坊代售。"

他真的搭火车离开了家乡。三个月后归来，看见房间里堆满了自己的著作，都是书坊里退回来的。他印书，他请客，他游历——他固然是一个作家了，并且许多朋友称赞他好。然而实益呢？

我有五言歪诗是形容他的，如下：

看他稿子者，
说他有前程，
等到书出版，
完全卖不成。

请人去吃喝，
个个是弟兄，
托他帮帮忙，
大家心不诚。

奉劝文学士，
最好不求名。
不付印刷费，
袋中倒充盈。

原载一九四四年五月十日《新中国报》

弄假成真

装假病者，真病立至。昔罗马显宦，因酬应繁忙，佯称疯瘫，告假而不视事约一月。等到他回伍的时候，他的手脚真的麻木，不能健行了。因此可知我们的精神，愈用而愈大，不用则日损。

昔罗马另有一人，因政治关系而遭通缉，他不能不出门，但是他又怕逮捕，不得已用药物遮蔽左目，如是者一年，他确然变成了一个瞎子。上天以五官四肢赋人，原要我们应用的，倘然我们玩忽它们，它们无不失去效用。“一·二八”之后，“八·一三”之前，汽油极便宜，我天天坐自备汽车，不多走路，我的腿常常酸痛，不能步行，我的朋友笑我“提鸟笼”（性病之名）。现在我每天轧电车，还要多走路，我的腿反而不痛不酸了，我行走如“飞”了。这也是精神愈用而愈增的道理。罗马格言家马锡尔[①][生于公历四十年（?），卒于一百零二年（?）]道：

诚心寻求之事物，
吾人终能得之。
装疯之人，定成疯子；
装病之人，定必死亡。

原载一九四四年五月十二日《新中国报》

① 今译马夏尔，罗马格言作家及讽刺诗人。

良　心

良心是各人辨别是非的天能。我们中的大多数，以为好人知道是非，所以有良心；歹人不知道是非，所以无良心。“知道是非”就是“辨别善恶”。劫人财货，淫人妻女……都是恶事，善人知道那些是罪，故不敢犯。

其实，善人有良心，恶人也有良心，不过前者的良心比较后者多些罢了。旧时法官假定罪犯个个都丧尽天良，要他们招认，非动刑不可。现在文明国家虽然已经废除刑讯，然而偷偷灌水、用电者，恐怕还不少。他们以为犯人受到了极大的痛苦，一定肯把实情说出来。这是一个大误。刑罚只能试探人的忍耐，不能取得罪的证据。刑讯的结果，不一定是真理；拷问的结果，不一定是实供。罪犯也有良心，好好地问他，他一定肯讲。最初，他会说谎，经过多次审查，经过多次盘驳，真情自然暴露。

有时犯罪的人，不经法官审问，自己也会招供的。从前西洋有一个男子，名字叫做贝苏四（Bessus），他杀死父亲的事，完全没有人知道。后来别人看见他常常折雀巢杀幼雀，责备他道：“你何必呢？它们无知无识，并不害你呀！”他答道：“什么！还不害我？它们天天骂我，说我——说我杀，杀杀父。”他良心发现，自已招了。诗曰：

天良发现，

无法沮消。
任你怎刁，
不打自招。

我还有一个全凭良心的故事。二千年前，某部队抵达某乡村后，把人民所有的洗劫一空，大家都不敢响，不敢告发。独有一个老妇，直奔司令部，禀告司令道："我留给孩子的那一些菜汤，被你的士兵抢去吃了。"她又指定一个士兵道："就是这一个——就是他。"总司令道："凭你一个人胡说，似不公平，你另外有证据么？"妇人道："东西已经抢去吃了，另外还有什么证据？我凭良心讲话，不会错的。"总司令道："好，好！真是他吃的么？我也可以凭良心代你找证据。"他立即吩咐把那个士兵的腹剖开来看，果然，士兵腹内多是菜汤。妇人得了大赏。

原载一九四四年六月六日《新中国报》

笑或哭

世界上的人，除了我自己之外，余者都是可恶的呢？还是可怜的呢？倘然都是可恶的，我们应该怎样对付？倘然都是可怜的，我们又应该怎样对付？

古时希腊有两位哲学大家，一个叫做狄毛葛李德舒[①]，另外一个叫做黑拉葛李德舒[②]。狄氏出门的时候，见了人就笑——不是冷讥，就是热笑。黑氏出门的时候，见了人就哭——不是暗泣，就是明哭。后来罗马诗人周费纳鲁咏他们道：

黑狄两公，
大妙大妙！
一个痛哭，
一个狂笑。

黑氏为什么哭呢？狄氏为什么笑呢？笑是轻视，哭是哀怜。狄所以笑的缘故，因为人皆虚骄——可恶。黑氏所以哭的缘故，因为人皆愚蠢——可怜。他们两位行动虽然不同，但是他们的用意是一样的。

---

① 今译德谟克里脱，希腊哲学家。

② 今译赫拉克赖脱，希腊哲学家。

对于那两个古人，我赞成狄氏，不是因为我天性快乐，喜欢多笑——倒是因为放声大笑所含的轻视，较痛哭流涕更加大，更加多的缘故。

或者问道目下我国多痴愚之人，他们暗囤物品，明做黑市，得到的钞票，都化在花天酒地上。他们只晓得投机，不知道生产。我们对于他们，还是哭的好？还是笑的好？到底他们是可怜呢？还是可恶呢？

我答道：“不管他们可恶不可恶，可怜不可怜，你笑他们也好，哭他们也好，我自己对他——对一切人——总是笑的。”

原载一九四四年六月七日《新中国报》

决意难

我们常常指鹿为马，常常颠倒黑白。喜欢鸦片的人，以为是养身之物，虽鱼肉谷类，亦不及大烟之有力；喜欢跳舞的人，以为健身之道，虽拳术掷球，亦不及“弹性”[①]之卫生；赞成孔子的人，以为耶稣全本幼稚；赞成耶稣的人以为孔子一无所知……像我这样微弱而无主意的人，碰到大事情的时候，怎样取决呢？

我现在年岁较大，经验较多，我的心志比较好得多了。我从前全无果断的能力，别人在冬季中作预言，说明年夏季一定很寒，一定有冻冰之日，我会相信的；倘然他们在夏季中说今年冬季一定很热，一定要出汗，一定要穿单衫，像南洋人的样子，我也会相信的。

现在我好得多了，我也有些决意了。甲说“黄种人不黄”的时候，我绝对不相信，并且反驳他道“黄种人也不白”；倘然甲说“黄种人不黄”，同时乙说“白种人不白”，那末我必定问他们道：“黑种人黑不黑？”倘然他们一定要问到我，黄种人究竟黄不黄，白种人究竟白不白，那末我说：“黄种人一定有白的，白种人一定有黄的。我的目力不佳，不能十全十美地辨别颜色。”

的确，我的辨别力仍旧不完全，我的决意不能称为“最后的”，我实在是一个无用之人呀！但是世界上的事情，哪里有真理？各

① 英文dance的音译，即跳舞。

国的律例，各处的风俗，富多不合之点，我们不问犹可，倘然略加研究，他们的矛盾马上就出现了，然而我们决无补修的能力。我们何必问呢？何必研究呢？我们的无意有何用处呢？请唱下面的歌：

“公说公有理，
婆说婆有理。”
决意难，
决意难！

明明是只羊，
大家称它猪。
决意难，
决意难！

明明是旱荒，
人皆称大水。
决意难，
决意难！

西方有耶稣，
东方有孔子。
决意难，
决意难！

原载一九四四年六月九日《新中国报》

读书与讲话

不论年少年老，读书与讲话，都是有益处的。两者相较，讲话的益处更加多些。何以故？因为话是活的，书是死的。因为对方的话，或顺或逆，我们必须细听；书中之言，或是或非，我们可不警心。因为友人的话，倘然不合吾意，我们可以同他辩驳；书中之言，倘然不合吾意，我们只能把它丢弃。辩驳之后，可得真理；丢弃之后，全无收获。

我最喜欢和人闲谈，最喜欢和两三位朋友谈天说地，讲故事，说笑话。碰到不同意的时候，倘然他人责问我，我总和声软气地回答他们；倘然我反驳他们，我也不十分使得他们跼蹐。我在这种情形之下，所得到的益处，往往比较读书所得的为多。

我读书很少，不过我所读的总是合我意的。我不读不合意的书，并且我从来不把书中之言背给朋友听。拿书的内容，作为讨论题目，危险极了：合我意者，不合他人的意；我所见者，与他人所见者不同；彼此瞎说，有何结果？大家弄得面红耳赤，分解无方，何必呢？至于战事，至于政治，我也不敢作为“论”题的，因为它们的危险性更加大了。有一天（在七年前），某姓某名很坚决的对我们说：“某国一定失败，他们至多可以支持五个月，到了本年八月，一切都完了。”我插嘴道：“没有这样快罢。”他答道：“一定的！不相信，我们可以赌东道——八块钱，买花生米吃。”我道：“好，好。”后来他输了，但是不肯拿出八块钱来。滑稽者常常提醒他，请他不要“忘八”。

我想，赌东道倒是一个收束辩驳的好方法，我们不论何人，都可采用。自己出钱总能承认自己的失败。倘然他人出钱，我们可吃花生米。

读书哪里受得到这种实惠？书中虽有“黄金屋”，虽有“颜如玉”——那不过说说罢了。读书一定读不出花生米；我喜欢讲话，倒讲出来了。诗曰：

读书与讲话，
两者都有益。
彼此相互较，
前叔而后伯。

笑话宜多说，
辩驳毋刻责。
脸青或面赤，
是授人以隙。

原载一九四四年六月十二日《新中国报》

寸 阴

“一寸光阴一寸金，寸金难买寸光阴。”这句古话，劝吾国人宝贵时间，与西洋人所谓“时间即金钱”的意思差不多。但宝贵（上两字作动词用）时间，也有个限制，也有一定的分寸；否则反而消耗，或闹笑话。请阅下面所述的故事：

希腊有个寓言家叫做伊索（Aesop，约公元前五六〇年间人）的，我想诸君都知道他的大名。他多才多智，不过他是一个奴仆。他是希腊大族的家僮。我们幼时攻习西文时，几几乎人人都读过他的著作。

有一天，他看见他的主人一边解小便，一边继续前进——小解与走路同时举行。他张了又张，望了又望，有些不懂。他自言自语道：“呀！什么？又走路，又小便？为什么？走路时还要小便？小便时还要走路？喔！我知道了！他要节省时间，他存心节省时间。”

现在我问：“伊索的主人，究竟省了时间没有？”

我自己作答道：“没有，没有，完全没有。”

我说“没有”的理由如下：小便带同走路，非独走路要慢，即小便亦慢，两者皆慢而合并的时间，等于两者分办而赶办的时间。诸君以为然否？

我幼时也有那种类似的癖好——不是走路时小便。我在早晨吃粥的时候，喜欢一边看书一边进食。我把书摆在右首，我捧碗持筷，先看几行书，再吃几口粥，或者先吃几口粥，再看几行书。我看不到三页书，粥已经冷了，先母见了骂我，兄妹见了笑我。但是当时我自己很得意，我自以为吃粥时看书，吃粥的时间可以省了。其实，吃粥时看书，吃粥的时间必须延长。因看书而延长的吃粥时间，何不在吃粥之后，爽爽快快拿来看书呢？

宝贵时间，就是惜阴，固然重要，但是走路时不必兼解小便，吃粥时不必兼阅书本。便归便，路归路——不是耗费光阴；书归书，吃归吃——也不是耗费光阴。应当做事的时候不做事，应当办公的时候不办公，而偷办私事——这是耗费时间。阅众倘然有“公私”不分者，延宕迟疑者，请注意下面的歪诗：

“一寸光阴一寸金，
寸金难买寸光阴。”
古人说话真明达，
今世谁能不仰钦？

原载一九四四年六月十三日《新中国报》

八十三岁学吹打

“八十三岁学吹打”是一句讥刺不及时的古话。老年人不是不可以求知识、求学问；不过，学习吹打，学习音乐，未免太迟了。老年人有老年人的知识与学问，少年人有少年人的知识与学问。老年人所应当研究者，康健的保持，身死时的无挂无碍；少年人所应当研究者，学科的进步，服务时的得心应手。换一句话来说，老年人应当偏重思想，少年人应当偏重实习。

今有六十余岁的老年人于此，晨夕修习外国语文，会话、文法、造句、作文，统统顾到，全不懈怠。问他何用，不能作答。人到六十岁，还没有学好外国语，还要天天爱（A）呀，皮（B）呀，细（C）呀——试问到了什么年纪才能学成？学成之后，有没有用的机会？“爱皮细”（包括一切外国语的字母）及其他中学校的功课，都是少年人学习的，老年人理应实用少年时所学习的功课。诗曰：

“八十三岁学吹打”，
气短力弱成何样？
要学当在二十前，
那末身强而体壮。

年少怠惰不努力，
老来决然无希望。

就是勤奋也没用，
他人哪里肯原谅？

一般人的缺点是这样的：少年时不肯“知新”，不肯学习；老年时想要“温故”，想要补习。少年是预备时代，老年是应用时代，两者不可颠倒，否则非独闹笑话，并且无结果。我的日文很不妙，本拟多多加习，后来一想，想到自己的年岁，马上作罢。除了已经知道者之外，就自足了，不从师了，不“八十三岁学吹打”了。

原载一九四四年六月十六日《新中国报》

不怕死

人总好生恶死，但虚骄的哲学家及诗家有谤生而赞死者。哲学家赞死的话，大概如下：死是逃避人生风浪的海港——产生一切自由，消除一切病痛。

诗人怎样说呢？

古时罗马诗人刘根[①]（Lucan，生于公元三十九年，卒于六十五年）云：

> 死神，死神！
> 准勇者死亡，
> 准怯者生存！
> 允准，允准！

非独哲学家及诗家赞死，就是国王有时也不怕死。希腊有个皇帝，名字叫做刁杜乐士，被他的叛臣李薛马曲士在荒僻的地方，拖住了他，想要杀死他。李叛臣是一个武将，刁皇帝在这种情形之下，声色不动地对他说道："你要我死？我不怕死。你并不勇。杀我最易，一个毒蝇就够了，何必要一员大将自己动手呢？"

苏格拉底的不怕死，是大家知道的。他在受刑的几小时前，

---

① 今译鲁堪，罗马诗人。

还要狂饮，还要讲笑话。据说，金圣叹也在刑场上开儿子的玩笑。

临刑时开玩笑的故事极多，我略述几则如下：

（一）甲在被绞之前，对行刑者道："我最怕痒，请你万万不可碰我的头颈，否则我非大笑不可。"

（二）乙是一个强盗，护兵将他押赴刑场时，他恳求他们道："请你们不要走这条大街，我欠某某店铺一千几百元，他们见了我，一定要抢我进去还账的。"

（三）丙将受刑，高声索酒。行刑者以自己已经用过之杯盛满了给他，丙怒目而骂道："可恶，可恶！这样脏的杯子！你当了我不怕传染病么？"

我们中国刑场上，也有一种"大"话，例如"再过十八年，还不如一个小伙子么？"这是悔恨，不是滑稽，这是想再做人，不是不怕死。

我不知道古时为国王殉身的大臣或妃子，到底怕死不怕死。

我是贪生怕死的。我总以为：好死不如恶活，乞儿胜过菩萨。

原载一九四四年六月二十日《新中国报》

预备——死

除死之外，世间一切事物，都可由预备以取得真相。所谓预备者，指教育与经验而言。人皆畏死，因吾人不论如何预备，终无法于未死之前，求知死的实情。

我们在大学所修的课程，倘然是工程，那么毕业之后经过多年的练习，应该能够筑铁路，造桥梁，开公路……倘然我们修的是哲学，那末渐渐地应该知道安贫，知道忍苦。就是没有进过大学的人，倘然要明白痛的"味道"，不妨自割一下；倘然要明白病的过程，不妨自戕其身；倘然不知道饥的难受，不妨绝食两天。……死——死是这样疾速，无论何人，终不能预知它的真相——痛苦或快乐。已经死过的人，从没有回来过，从没有回来讲它的实情。

古时罗马有一位贵族，名字叫做葛细司（Canius），他富于道德，又精于哲理。当时的国王喀李戈腊[①]（Caligula，在位五年，公历三七——四一）是他的仇人，硬是要处他死刑。他的挚友某姓——也是一个哲学家——听到了这个消息，特地跑到法场上去看他，并且问道："老兄，此刻你的魂灵到了什么地步了？你的魂灵正在干什么？你的思想是怎样？"葛细司答道："我正在细心研究在这绝迅绝速的一瞬间，魂灵如何脱离肉体。倘然我有所得，我当设法归来，告知众人。"据我所知，他并不归来，并不复生，

① 今译喀利古拉，罗马皇帝。

所以西洋哲学家不论如何研究，不论如何“预备”，至今还讲不清楚死的经过。诗曰：

“未知生，
焉知死？”
说此者，
孔夫子。

毋多惧！
不必喜！
明乎此，
有所止。

或者以为死与睡相差不远——“大困等于小死”（俗语），此喻虽妙，其实不然。困者终能醒来，死者不得复生；困者醒来时，当能详述梦境，死者不回来，焉能细说魂灵。

原载一九四四年六月二十一日《新中国报》

朋友

朋友为五伦之一。轧上等的，轧到君子，我们容易学为善人；轧下等的，轧得小人，我们马上变成匪类。我们轧朋友[①]——我们结交——总要抱定“无友不如己者”的那一个主义。

我们轧朋友，非择善人不可。古书上说得好，与善人居，如入芝兰之室，久而不闻其香，即与之化矣；与不善人居，如入鲍鱼之肆，久而不闻其臭，亦与之化矣。孟郊的《审交》诗云：“种树须择地，恶土变木根。结交若失人，中道生谤言。君子芳桂性，春荣冬更繁。小人槿花心，朝在夕不存。莫蹑冬冰坚，中有潜浪翻。惟当金石交，可与贤达论。”

孟郊，唐代诗人。“金石交”作坚固的友情解。除了金石交，古书中还有（一）刎颈交，（二）忘年交，（三）口头交，（四）势利交……等等。“刎颈交”是至交，虽死不悔的交情；“忘年交”是老者与青年轧朋友。只顾才德，不论年岁的交情；“口头交”是心口不一的虚伪交情；“势利交”是小人之交；文中子云：“以势交者，势倾则绝；以利交者，利穷则败。君子不与也。”另外尚有“胶漆”“莫逆”“面朋面友”……等习语，不过我现在不编辞书，不把它们开列出来了。我继续说一个古时西洋三友的故事：

尤笪米达士，有两个至交，一个叫做蔡李葛薛诺士，一个叫

---

① 系吴方言，即交友，又特指交异性朋友。

做亚力秀士。尤极贫穷，蔡亚富有。尤在临终之际，立了一个遗嘱道："……（一）致亚力秀士君：请你维持吾母亲的生活。（二）致蔡李葛薛诺士君：吾女将嫁，请预备相当的妆奁。……倘亚蔡两人有一人死亡，其子应代行父职。"

这种遗嘱，全世罕有；这种交情，我国绝无。据书本讲，尤的遗嘱，亚蔡两家，一一实行。

原载一九四四年六月二十三日《新中国报》

感　官

“感官”为日本名词，就是吾国“五官”的意思。

吾国旧时，或分五官为耳目口鼻与心，或分五官为口耳目及两手。现代科学家分五官为：（甲）眼（视觉器），（乙）耳（听觉器），（丙）鼻（嗅觉器），（丁）舌（味觉器），（戊）皮肤（触觉器）。本篇所说，只及视觉听觉的不准确，不可靠。

先言耳与听觉：

同一叮铛，叮铛的声音，我们张开了耳朵听，与包住了耳朵——请阅者抽些时间试一试——有什么不同么？同样一句“哈咦，说得是”（日本语，作“是呀，对的”解），日本男人讲的与妇女讲的，有什么不同？又日本男女讲的与我们自己讲的，有什么不同么？又自己先张开耳朵讲，再包住耳朵听，有什么不同么？请再试一次。

人耳与牛耳，除了尺寸有差别外，其构造似乎相同。为什么我们听得懂音乐，为什么我们“对牛弹琴”时它完全不感兴趣呀？牛耳与象耳，决然无差别，为什么象听到了音乐，就会“跳舞”呢？

少数人耳中生毛，人们听见的声音与不生毛的人所听见的，有无不同之处，有无轻重之别？年少时耳中无毛者，到了年老，也会生毛。

进言目与视觉：

戴黑眼镜者，无物不黑；有黄疸病者，无物不黄；天生色盲者，红黄不辨。明明一样的一对眼睛——形式构造全同——为什么所见的颜色不一？用指按住双目的下边，同时向上略推，则所见的灯光，所见的人物，一个都变成两个，什么道理呀？将双目半闭，则所见者无不加阔，又是什么道理？

微微一蝇，非独见了人不怕，并且还要飞到人身上来乱跑乱走。人的身体比蝇的身体大几千倍，它应当快快的逃，远远的避，但它竟轻视我们，为什么呢？因为它眼睛小的缘故。眼睛小者，见大物皆小；反之，眼睛大者，见小物皆大，所以老虎见了人——虎比人大——一定要奔过来，因为它实在怕得不得了——赶快攻打，其意倒在自卫。

蜂蜜性甜，其色似粪，吃得看不得；干酪滋补，其气恶浊，吃得闻不得。这是味官与视官的冲突，味官与嗅官的冲突。

视官与触官，也有冲突。墙上悬一古画——有房屋，有花草，又有山水，远远望去，凹者凹，凸者凸，用手一摸，全是平的。诗曰：

莫信目力好！
所见不皆真。
凹者何尝凹？
黄金能化银。

原载一九四四年六月二十六日《新中国报》

理性

“理性”就是“见解”。我们碰到“进退维谷”的时候，居然找到一条羊肠小道，虽不能走马，开汽车，也可以慢慢地跑，脱离“虎口”。

我的话讲得太抽象了，让我来说几个譬喻，以见处事之道，首重理性。

第一譬喻：我每日进出，惯走前门。一晚归家，我按了电铃之后，里面无论怎样拉，外面无论怎样推，大门总是不动，我高声喊叫：“好了，好了！我走后门。”

第二譬喻：近十五年来，我常常穿袍褂，不愿意穿西装。去年因为被派为东亚文学者第二回大会的代表，不得不往日本。到外国去旅行而穿中国衣服，小孩子们见了，一定会叫喊嘲笑——甚不方便，所以我又重服西服。

第三譬喻：我家虽穷，我家虽然不能每天吃“山珍海味”，但是饭总是热的，菜总是鲜的。有一天，我在龙华以西某小站待慢车回申，横等不来，竖等不到——肚子饿极了，“叫”得可怕。但是左近只有江北人出卖的冷大饼，冷油条，臭盐蛋。我自己对自己说道：“怎样？没有办法！管它脏不脏，买些充饥罢。”

第四譬喻：下午四时，一定要到南华去做证婚人。三时一刻动身——还不迟，黄包车讲不好价钱，只得轧电车，开了四五丈路——丁零，丁零，丁零，封锁了，绳子拦住，车辆不得通行。我马上跑出电车，拿职官证给他们看，三时五十九分居然赶到！

上面的譬喻，都含这个意思：我们做人，不可一味呆板板地死守成法。除了死法有活法，有时我们应该“权宜行事”。

权宜行事者，一定长于见解，富于理性。不知权宜，非痴即愚。让我再来一个譬喻罢：

高君做事总用左手，连摆筷也不以右手为顺。一天，他拿了四个鸡蛋——当然是左手——向厨房行，同时他想带些冷水下楼。他身旁有一把双环的小壶，满盛洁水，他拿右手碰了一碰，放了；再碰一碰，又放了。他似乎想了半天（？）心思，他竟不用右手带那一把水壶下去。他空了右手，用左手送鸡蛋到厨房，然后回上楼来，再用左手提了水壶送入厨房。

像高君这样的一个人，可谓全无理性，真的没有见解，真的不能通权达变。诗曰：

处置合理，
是名权宜。
一味呆板，
非笨必痴。

原载一九四四年六月二十八日《新中国报》

装作

装作就是虚伪——说谎话，假客气等等都包括在内。

他明明是一个尊重自己的人，见了你，横一鞠躬，竖一鞠躬地对你行礼，称你为“前辈”，赞你学问好；同时他心中已经想到各种劣迹——品行的不合潮流，学问的不合潮流，言语文字的不合潮流。像这样一个人，还不虚伪么？还不装作么？

虚伪装作之事，非独见于人类，就是兽类中也有这种情形。十多年前，某家畜了一猫一狗。猫捕鼠之外，常常在园中或室内捉飞虫，以为玩耍。狗看见了猫的那种游戏，也想仿效。猫不及狗的聪明，但是它能捉蝇，捉到之后，用口一含，就此吞了。狗能拜揖，又能接球，以媚主人。但是它不能捉虫，它再三再四地模拟，终归失败，一个苍蝇都捉不到手（脚），吞不进口。主人站在园中看了半天，不觉狂笑一声。它似乎懂得主人的笑意，马上跑到主人身边来，双脚在地上捧起一物，赶快塞入口中，然后摇头摆尾地在主人四周行走，佯作大功已经告成的得意状态。其实它所捧入口的，不是苍蝇而是泥块。

照这样讲，狗的虚伪比人更甚了。然而狗是不怕丢脸的动物，它的装作在谄媚，不在羞耻。我们人不可不怕丑，我们人总要注重道德——不虚骄，也不说谎。诗曰：

佯装最可耻，

为者非君子。
说谎和吹牛，
应该受鄙视。

吹牛说谎，总有拆穿之日。罗马政治家兼演说家西塞禄[①]（生于公元前一〇六年，卒于四三年）说道：“说谎愈巧者，受人之疑愈多，遭人之恨愈深，以其人全无信用，早已失去忠实。”我不知道人类为什么要说谎，要虚伪。我们人对人，理应忠诚，理应讲老实话。我们“与父言慈，与子言孝，与兄言友，与弟言恭”——倘然婉转陈说，而不过度爽直——有什么怕惧呢？我们何必装腔作势，欺骗我们的朋友？旧时的丫头，因为怕打，所以不得不虚伪，说谎，假恭敬。我们不是奴仆，我们是自由人呀！诗曰：

丫头不说谎，
定遭主婆打。

吾辈自主者，
发言宜洁整。

原载一九四四年六月二十九日《新中国报》

① 今译西塞罗，罗马政治家、演说家及作家。

错误的咎责

一个将近两周岁的孩子，在房中摇摆而行，偶然不巧，他的额角碰在凳角上，他痛极了，放声大哭。他的母亲疾速地赶来，先把他抱起来，用左臂搿紧，然后再用右手将凳子狂击，并且骂道："打，打，打！你欺侮我家囡囡，可恶！打，打，打！你下次还要这样么？……"那个小孩非独停止哭泣，并且对他的母亲说道："妈妈，我不痛了。"

打凳骂凳，固然是错误的咎责，我们听见了或者看见了觉得可笑。然而用这种方法来骗小孩子，真是灵呀！小孩子的额角真的不痛了！

这种方法，有的时候成人也用来骗自己。波斯国王寿葛西赐[①]（Xerxes）因为连接欧亚两洲的那个海峡，常常无风兴浪，不容易行船，所以派了许多人用鞭子重击海水。罗马凯撒大将，某次到国外去征讨的时候，在海洋中遇到狂风暴雨，他的船几几乎翻了，他吃过这惊吓之后，就此大恨海神，归国后参拜神庙的时候，他吩咐侍从人除弃海神的像，以为报复。古时希腊司赉州人（Thracians），遇到打雷闪电的时候，大家都用弓箭向天空射去，以为抵抗……

野史中那种误责的故事，多极多极！我们看了，难免不笑。诗曰：

① 今译泽克西斯一世，波斯国王。

你犯法，

我受罚。

世上事，

真迷没。

但是，我们自己——二十世纪的我们——怎样呢？我们也常常犯这种毛病。我腰酸脚软，实因年老血衰的缘故；我的某姓朋友道：“不，不，不，是血衰。你吃盐食吃得太多了。你不可吃盐蛋、吃盐鱼。……”腰酸脚软，归咎盐食——我以为是错误。

原载一九四四年六月三十日《新中国报》

才艺

才艺定能博取声誉。

名人的书画、美术的摄影、秀丽的雕刻、甜蜜的歌唱，我们见了，听了，能不赞美么？其他如剑术、拳术、足球、赛跑等，虽武而不文，也是才艺——达到标准者，或超过记录者，无不受人称赞。

这许多种类的才艺——（文的）书画、摄影、雕刻、歌唱，（武的）剑术、拳术、足球、赛跑——都是有益于己的，或有益于人的，都是有益于身的，或有益于心的。简单地说，那些才艺都有实益。

但是世人也有无益的才艺。请阅下文：

数年之前，我的同乡某姓，能作极细极微、比蚂蚁更小的楷书。他可以把国父遗嘱写在一方寸的白纸上，他又可把全部《金刚经》一字不漏地写在扇面的一面。他小时候用过苦功，所以书法倒还不差。他虽然常常称穷，然而他的衣食并不缺乏——听说他卖字所入，每年总有好几千元。但是我不知道他那种才艺，那种写细字的才艺到底有什么用处。我们写字，志在使人看得见，使人看得明白。我们那位同乡的细字，我用显微镜还看不清楚。

江北有一位刻扇骨的专家，他所刻的字，与我同乡所写的字，大小相差不远——也是极微极细，也是非用显微镜不能阅读的。别人都称他所刻的扇骨为美术品，然而我总以为没有实益。我们所作所为，总宜偏重实用。诗曰：

多才多艺者，
到处受尊敬。
最好重功用，
不宜有癖性。

古时西洋的“多才多艺者”，也有“癖性”的人。公历前三世纪之末，马基顿（在希腊北）[①]国有一个巧于技者，能将谷类一粒一粒地掷入针眼内——百发百中，全不误失。国王亚历山大差人去把他带入宫中，亲自考查他的能力（才艺）。他已经进宫了，他的掷谷术固然累试累验。亚力山大笑嘻嘻地吩咐侍卫道：“他的艺术真巧！我理应重赏，赐他谷一斗，并且叫他每日实习。你们对他讲得明白些，说我赐他的谷，不是赏他吃的，是要他练习的。我深信这种艺术，非日夜勤习，不能荒疏呀！哈哈！”当时的人，都称亚力山大苛刻，不能提拔真才。我倒很赞成他，我赞成他不鼓励无益于人，无益于己的才艺。

吾国好弄文墨者，能将受纳人的名字嵌入所制之上下两联内。这种技巧，当然有人赞扬，有人称许。但是为什么呢？有什么意义呢？诗曰：

过于弄巧，
反违真义。

① 即马其顿。

吾人做事，

焉能无忌？

原载一九四四年七月一日《新中国报》

音乐与诗歌

一日清晨，中年人郭姓在郊外闲步的时候，经过一个荒庙。他听得丁笃，丁笃，丁笃的声音，他站住脚，又听得里面念经的声音——“观世音菩萨……”。

他听了约一刻钟，正想要走，大门忽然打开。他望了一望，看见里面倒很清洁。佛庙准许任何人入内参观的——他就慢慢地，恭恭敬敬地走进去。

左边厢房内念经的声音已经停止，那位老和尚继续带歌带唱地道：“我见世间人，个个争意气。一朝忽然死，只得一片地——阔四尺，长丈二。汝若会出来争意气，我与汝立碑记。”

和尚虽老，声音甚亮。那个姓郭者，先听见丁笃声、念经声，后又听得歌声，不觉受了感动。他步入和尚所在的厢房中，先对他拱手，然后同他讲谈。据说，自从那天起，郭君虽然生性暴躁，也变成一个心静且信佛的人。

由此可知，和美的声调（包括诗歌与音乐）最能感动人心。古时希腊那位冷淡派的祖师瑟诺[①]（Zeno），对于一切痛苦或快乐都不感兴趣，但是他也赞成音乐与歌唱。他说道：“声音是美的精华。”

非独有宗教性的声调，容易动心，就是普通的弹唱也是如此。

① 今译季诺，希腊哲学家及斯多葛学派创始人。

旧时有旅行者，耳闻隔船女子（妓女）拨琵琶而唱道：“空有貌如花！嫁狂夫，负岁华——倩鹦哥一句一句把前生骂。悔当初念差，恨相逢是他！红颜薄命——敢怨谁家？只落得泪珠儿湿透了鲛绡的帕。”乐止了，歌停了——隐隐似有悲泣之声。继而隔船又拨琵琶而歌道：“枉自说多情！曾几时，又变更——倚栏干一节节向嫦娥问。奴心付与君，君负奴的心！相怜相爱——谁是知音？这就是女娲皇补不了终身的恨。”是时，那位旅行人也哭了。

这不是声调感人么？世界上没有听到好音调而不动心的人。我们听到军乐（鼓和喇叭）的时候，自己虽然是“笔衫”（捏笔杆穿长衫者之简称），虽然手无缚鸡之力，也勇气百倍，想加入队伍，同士兵们去攻打我们的敌人。

原载一九四四年七月二日《新中国报》

自以为是

自以为是，就是自称自赞，自尊自大，也就是“自屎不厌臭”的意思。我们不论受过任何高等教育，我们不论居心如何公正无私（？），总瞧得起自己，瞧不起别人；我们总以为别人的金刚钻，不及自己的玻璃杯。等到自己得到了金刚钻，又看不中别人的玻璃杯了。

我们总以为别人的绸衣不及自己的布衫（较为挺刮），总以为别人的鱼肉不及自己的菜饭（较为清洁），总以为别人的大厦不及自己的单幢（较为便利），总以为别人的汽车不及自己的脚步（较为安全）。俗话说得好：“癞头儿子，是自己的好。”但是——但是忽然之间，我们发了一笔大财，我们也住大厦，也乘汽车，也吃鱼肉，也穿绸衣；那个时候，我们又不赞成单幢了，不赞成步行了，不赞成布衣菜饭了。

上面所讲的赞成或不赞成，都是物质方面的。关于思想，关于文字，也是自己的好——“天下文章，首推绍兴。绍兴人的文章，我的表兄总算第一了；但是他的文章，没有经过我批改过，他哪里敢发表呢？”

我们情愿称别人貌美，称别人体健，称别人大胆；我们决不肯真心真意地称别人多才多智。我们在读书之时，看到古人高妙的意见，往往自言自语道：“这是我素来就有的思想。真古怪！他也知道？什么事他都知道？”我们不佩服古人，我们佩服自己。有时我们连带“古人先得吾心”都不愿意说！

就是最不固定的天气，我们也常常预断。我们常常说：“是不是？今天下雨，果然不出我之所料。”歌曰：

“自屎不臭”，
人之常情。
自称自赞，
想增声名。

倘然属我，
石不胜晶。
倘不属我，
镜也失明。

虚者不实，
充者必盈。
何必瞎说，
何必瞎争？

原载一九四四年七月六日《新中国报》

外貌与内质

“那只黄狗的颈圈是银质的，我们拿它来做猎犬，岂不好么？”

这是外行话。猎犬的特点，不在颈圈，而在敏捷。颈圈是外貌，敏捷是内质。我们买猎犬，当然要捡能力大的，不捡装饰美的。

我们评判人的优劣，也要内行，不可外行。我们不可因为一个人穿的衣服破旧，就瞧不起他。我们也不可因为一个人住的房屋很大，就瞧得起他。我们总要抛开他的外貌，研求他的内质。我们评判人的时候，心中可以存几个问题：他的性情和平么？他对于一切容易满意么？他的衣服，配合他的身体么？他的智力，是不是能够对付他的职业和财产？有人拿了大刀长枪来恐吓他的时候，他的态度怎样？他有没有屈服的样式？……倘然我们所答的，全属肯定，那末他一定是个好人，一定是个超人。诗曰：

不顾功名不怕死，
不贪财宝不亏心，
乐天知命万事足——
如此超人绝古今。

超人之反，则为贱人。贱人好吹牛，好拍马。贱人心志不定，东靠西倒。贱人好摆架子，脾气恶浊，性情卑鄙。……简而言之，贱人与超人的不同，好比地与天的相隔。不过天地的相隔，我们还不大觉得；超人与贱人的不同，我们一望而知。

原载一九四四年七月八日《新中国报》

明天的事

明天的事，今天不会知道的。今天所知道的，所接受的，都是今天的事。今天的事，今天应当赶办。今天的事不可误为明天的事。

希腊有个暴君名阿甲司(Archias)者，在晚餐时，接到一封要信。他把那封信，塞入衣袋中，同时口中自言自语道："明天的事。"明日黎明时，他的房屋（宫殿？）紧紧被围了，算计他的人统统来了。四处都是喊杀之声；他从梦中惊醒，跳出床来……吃了两刀，倒地而死。他昨夜所接的信，实是暗探而得的报告，其中详述"乱党"的计划，可惜他没有打开来看！否则他哪里会丧失生命呢？

由此可知"今日应为之事，不可待至明日"。延宕的结果，不一定是死亡，但因延宕而死亡者，世间并非不多。请阅下面的故事：

凯撒(Caesar)是罗马的大将。他东征西讨，到处有功。后来归国，仍然不免于难，仍然为"小人"所算。他的被刺，也是因为怠于看信。他到议会去的时候，有人在半路上很匆促地给他便条一纸，叫他不要去开会，叫他从速逃避。他不知不觉地将便条塞入衣袋中，不去看它。他到了议会，就有人突然冲上来，将他杀死了，共计二十三（？）个伤处。

所以我们对于信件，不论公文或便条，不可不赶快看。除了广告信之外，我们不论在白天或在夜间，总应该把收到之件立时打开来看。今天的信，是今天的事。今天的事，理应今天赶办。

今天应为之事，
不可待至明日。
延宕实在危险，
犯者定受损失。

原载一九四四年七月九日《新中国报》

知识的浅深

知识不足的人，无不自满，无不骄傲；知识丰富的人，无不虚心，无不谦让。高中毕业生，曾经学过本国文、外国语，曾经学过几何、三角、微积分……自以为上至天文，下至地理，无所不知，无所不晓了。他们中间的少数，成绩甚为优良，并且他们很信仰母校。以为别的高中及多数不甚著名的大学，万万不及它；因此，自尊自大，自骄自矜，一切都不在他们的心中目中。

知识浅深，可比米谷的虚实：穗未成熟的时候，无不竖立；等到有了米谷，穗即下垂。竖立是骄傲，下垂是谦让。人与知识也是这样：知识浅薄的时候，人无不昂颈；等到学问丰富了，反而低首下心。诗曰：

才力不高者，
时常卖本领。
根基坚固者，
焉肯弄骄逞。

欧洲古时有所谓“七贤”者。他们对于一切学问，无不研求，真的“上至天文，下至地理”，无所不知，无所不晓。其中一位，名字叫做费李赛底司[1]（Pherecydes），在临终的时候，对他的挚

① 今译费雷西底，希腊哲学家。

友笪力斯[1]（Thales）说道："我已经托朋友，在我落葬之后，将我写作的稿件统统交给你。其他诸贤，倘然见了满意，请你把它们刊好了。倘然他们不满意，请你把它们焚毁好了。我稿件中所说的，实在没有什么特别见解——连我自己都不能十分确定。我并没有发现真理，我不过打开了箱盖，望里面一瞥而已。不，不，我不见真理；我没有走近真理。"

由此可知，学问愈高者，愈能谦恭。有人问世界上自古至今最聪智的一位高僧道："你所知道的是什么？"他答道："我所知道的是我一无所知。"

浮浅者皆自以为是，皆自作聪明。

古语说得好："初学三年，天下去得；再学三年，寸步难行。"这句话用以形容学拳术者，但用以形容求知识者，亦似适合。

原载一九四四年七月十三日《新中国报》

① 今译台利斯，希腊哲学家。

勇　气

有勇气就是有胆略，就是不怕死。要不怕死，要有胆略，非能忍痛不可。忍痛是勇气的基本，勇气是忍痛的结果。

古时欧洲的斯巴达（Sparta）人，因勇气著名。他们“以寡乱众”，他们用三百人保卫要塞，想要打退波斯的十万（？）大军，他们当然失败；但是他们有勇气不怕死——一个都不肯投降，一个一个地都被杀或自尽了。

斯巴达人，非独战士有勇气，就是窃贼也有勇气。某姓男孩，偷了别人家所蓄的狐狸，他把它塞入长袍内，裤裆中。狐狸是野兽，不喜幽闭，它东冲西冲，逃不出来，怒极了，大咬男孩的肚皮……血流了，肠露了，然而他搿住狐狸，捧住肚肠，依然向家中走，依然不露其秘。他真有勇气，真能忍痛呀！

罗马也有这种有勇气、能忍痛的人。薛扶拉[①]（Scaevola）自称英雄，累欲刺死敌国国王包逊纳[②]（Porsenna）。他偷偷地溜入敌人的营中，正拟上前动手，已经被擒。他高声对来擒的人说道：“放，放，放我！不必擒我。我是一个英雄好汉，不会逃走的。”包逊纳向他笑笑，并说道：“哈哈，英雄好汉！英雄已经被人拿住了。被拿住的人，还算得英雄好汉么？”薛扶拉答道：“英雄是天生的，

---

① 今译斯凯沃拉，罗马政治家。

② 今译波赛内，伊特鲁里亚国王。

与擒拿全无关系。我的成为英雄，可以立时立刻表演给你们看。请你们预备一个大火钵，拿来给我。”火钵预备好了，拿了过来之后，他露了左臂在火上焙灸，同时他舒舒齐齐[①]地向大众道：“我的左臂着火了，将要烧熟了，但是我不怕痛。你们看！我勇不勇？我还不是天生的英雄么？像我这样不怕死，不怕痛的人，我们营中至少有四五十人。”

上面所述者，有男子而无妇女。但世界上的妇女并非全是怕死，怕痛的人。那些以制篮，打铁，卖卜，东游西荡，到处为家的吉普西（Gipsy）女子，也极“勇敢”。她们非独分娩不请稳婆，并且今天生产，明天背了孩子就跟丈夫跑长路。她们产前产后不痛么？ 我不相信。我相信她们不是不痛，我相信她们能够忍痛。

最末，痛有轻重。轻者易忍，重者难忍。你能忍痛，则痛去而能忍者存；你不能忍，则痛存而不忍者死。所以，无论何人，无论男女，不必怕痛。轻痛固然可忍，重痛不妨试熬。今日熬，明日再熬，熬到无法熬时，当然可走最后一步——死。诗曰：

轻痛易忍，
何必啼号？
以火焚臂，
真是英豪。

世之怯者，

① 又作“舒齐”，系吴语，指停当或收拾妥帖。

见血即逃；
苦无大小，
皆不能熬。

原载一九四四年七月十六日《新中国报》

行为与意向

行为是所做的事——大家看得见的，意向是所存的心——大家看不见的。有时存心极佳，但所做的事，非独受人谴责，并且自觉惭愧。有时行动正当，但所存的心，非独不合道德，并且邪恶异常。诗曰：

（一）

想要搀扶人，
反而将彼踏。
行为与意向，
往往不符合。

（二）

想要愚蒙人，
反而助彼“驭”。

行为与意向，
往往不符合。

下面几个譬喻，皆言行为与意向不符：

（一）乞儿在路旁苦求行人“做做好事——给我几个钱，买个大饼”。某少年人，将手中所有的一把铜板直向乞儿头上掷过去。乞儿一躲，没有被打中，落在地上的铜板，在十枚以上。他一一拾起来，口称“谢谢”。现在一个铜元，市价约三元，乞儿固然发了一笔大财；但是那个少年的意向，实在不良，他想要击乞儿；不过他的行为——赐钱——似乎是合宜。

（二）乡间兄妹两人，共同摇自己家里的小船到外婆家去。傍晚回来的时候，途遇暴风暴雨，船上的橹断了，同时哥哥坠入河中。兄妹两人，都熟于水性，尤其是哥哥，所以他妹妹一点不恐惧。她见她的哥哥扑通扑通地泅近船旁时，即以竿子投入水中。不料她的估计不确，反将竿子打中了哥哥的头部——他立时下沉，溺死了！这是存心良善而行动错误的比喻。

原载一九四四年七月十八日《新中国报》

记忆与遗忘

我们应该记忆的事，最易遗忘。我们力求遗忘的事，反而记忆。

昨天我有要事，非立时立刻打电话到家里去关照不可。突然之间，匆促之中，电话号码遗忘了，横想竖想，总想不出来。翻查电话簿，费了好几分钟，然后得与家中人讲谈。诸君以为可笑么？又三十五年前，我在苏州北寺塔左近，看五六个盗犯受刑。这种可怕的事，本不必看；那时年少无知，我不加思索地随了朋友同去。结果，非独当日寒热交作，就是现在还不能忘记那一天刑场上的怪象。家中的电话号码，理应牢记的；刑场的杀人惨状，理应遗忘的。然而世上的事，理论与实际，往往不合。愈应记忆者，愈易遗忘；愈应遗忘者，愈易记忆。

所以有时哲学家教导我们的话，是靠不住的。他们说道："忘却痛苦，专记快乐。"

他们所教导的，我们决然不能实行。现在有痛苦的人，一定想不到过去的快乐。倘然真的想到了，他非独不能忘却痛苦，并且他的痛苦反而增加了。为什么呢？因为回忆过去的快乐，实受目今的痛苦——两者相较，他焉得不愈加伤心？诗曰：

> 人心无定律，
> 哀喜皆难求。
> 回想从前乐，

反增目下怒。

专记过去的乐，不顾目前的苦者，非妄即愚。譬如一个丈夫甫亡的寡妇，膝下有三男两女，屋中无隔室之粮，焉得不悲？焉得不放声大哭？事变以前，他们自己有房屋，有田产，有珠宝首饰，有书画古玩；现在吃尽当光，连丈夫都死了。她想到十五年前刚结婚的时候——蜜月旅行，夫唱妇随，丰衣足食——她马上跑，想跑到厨房中去拿菜刀——自杀；在半途中，她遇见她的大儿，喊她“妈妈”，问她“哪里去”？她软了心，不去取刀。倘然她不这样，倘然她想到以前的舒适，从前的幸福，从前的一切，忽而大笑，忽而歌舞起来，她的儿女一定会偷偷地报告近邻，她的近邻一定会送她入疯人院。诸君以为我所讲的对不对？

原载一九四四年七月二十五日《新中国报》

一座高塔

本篇是寓言，是一个人生的寓言。让我先来一首歪诗罢：

世间有高塔，
分成一百层。
初升似极易，
愈上愈难登。

“塔”指人生，“层”指年岁。我们虽有活至百岁以上者，但大多数人总不能有此高寿。所以我只把它分成百层。初升之时，即孩提之时，我们既不知道天之高，又不知道地之深，内有父兄的保护，外受师长的训导，一年一年地度上去，全不觉得困难。到后来，到长大成人之后——即升到二十余层，三十层，或四十层的时候——我们非自寻衣食不可，非自觅相当之职业不可。觅到职业，又非谋迁升不可。得到迁升，又非防降罚不可。种种烦恼，种种“吃力不讨好”的情形，无不随时发生，随地发生，这不是愈上愈难么？

上面我已经把高塔的大意，即人生的过度，写明白了。现在我继言塔的内部：

塔分百层，它的梯子九十九。每梯分为十二步，高低不一，并且都不稳固。别的高塔，我们可以攀登，或不攀登；这个高塔，我们一定要攀登，我们绝无不攀登的自由。攀登第一梯，第二梯……第九、第十梯的时候，除少数缺乏天然力者之外——我们有人帮助，所以不大困难，总能上升。等到攀登第十五、六层，或第廿二三层的时候，我们不得不自己努力——吃苦得很。

塔中无窗而有小孔。孔即视孔，藉此得以通气，并得略见外界。

你每次攀上一层，在同层的人必侧目而视，在下层的人则表示嫉妒。倘然你经过千辛万苦，果然爬到第六十层，第七十层，第八十层，那末同层或异层的人一定假心假意地高呼“恭贺恭贺”！其实他们想打把势，想你招待他们。然而世界上能够爬到七八十层者很少。有时我们爬不上第一梯；有时爬了三、四梯，八九梯，或者廿二三梯，卅五六梯，就被迫而停止了。

我在前面已经说过：“这个高塔，我们一定要攀登，我们绝无不攀登的自由。”这个高塔，还有一种坏处：我们在上升之后，无论如何，不能下回。我们到了第五十层，决然无法再回到第四十九层。

寓言完了，再来一首四言歪诗，以为结束罢：

奇哉，高塔；
高塔，奇哉！
爬得上去，
爬不回来！

原载一九四四年八月二日《新中国报》

人体美

人体美是什么？这三个字所指的究竟是什么？

这三个字——人体美——所指的，还是赤裸呢？还是服装呀？还是筋肉呢？还是柔弱呀？……

倘然这三字所指的，不是服装而是筋肉，不是脂粉而是赤裸，那么我们的问题，似乎容易解决了。但是不然，各哲学家对于人体美的意见，大不相同。巴拉图主张球状，快乐派主张方尖。球状即曲线，方尖即角锥。大臀就是曲线，高眉就是方尖。两者的相差，还不大么？

至于世界各国一般人的标准——体美的标准——更加差异了。印第安人以黑肤为美，以扁鼻为美，以阔唇为美，以鼻孔有锁为美。秘鲁土人以长耳为美；耳不长者，则悬重量之环以作“引伸”之具。墨西哥人以额角狭小为美。北极一带以女子削发为美。……

或者说道：“这都是土人，野蛮人。他们的标准，当然不是标准，当然不可靠。”

但是，我们自己呢？我们自己以什么为标准？

我们自己是文明人，并且现代人。我们拿什么做标准呢？

意国的标准与德国不同，法国的标准与俄国不同，英国的标准与美国不同，中国的标准与日本不同。……有以长脸为美者，有以圆脸为美者；有以肥壮为美者，有以瘦弱为美者；有以高大为美者；有以矮小为美者；有以肤白为美者，有以肤赤为美者。……

种种标准——人人有一个标准，处处有一个标准。人人处处随时取换标准；有标准，实在等于无标准。诗曰：

标准也者，
人人应守。
倘然可改，
等于无有。

人体美所以没有标准的缘故，因为人体实在是不美。最大的证据，就是我们不能不穿衣服——不能裸露，不敢自露真相。我们的体美，大半由衣服造成。我们的衣服，大半由虫兽制成。虫就是蚕丝，兽就是毛皮。我们固然有以植物为衣者，但棉花总不及纱绸和皮货的美。我们利用下等动物以为自己的装饰，可见我们没有体美；至少，我们的体美，不及它们的体美。诗曰：

狐与鼠，
皮真美，
人服之，
借光耳！

原载一九四四年八月八日《新中国报》

选　择

在两个或多个中间，拣取其一——这叫做选择。我们买鞋要拣，买帽也要拣；买柴要拣，买米也要拣；买鱼肉要拣，买水果也要拣；看电影要拣，入学校也要拣……

不过，拣——或者选择——是世界最难行的事。请阅下文：

我的古玩橱中有硬币多枚。我想它们摆在那边并不美观，不如散给诸孙罢。数天之前，我将它们全数取出来，陈列在桌子上。我先呼长孙来，对他说道："这几个银元，你可以拿一个去。但是你不可乱取，你要先看，仔细地看。看见顶好的，最中意的，然后取去。"

他横拣竖拣，拣了好久，总打不定主意，最后他说道："它们的形状，像煞（似乎）是一样（相同）的，但是花纹不同，颜色（？）不同。现在我吃不准（打不定主意），等一等再来拣好么？"

阅者诸君，请你们不要笑他小孩子没有主见。我们成人，何尝不像他呢？关于选择，成人与小孩相等的没有能力。我再来说一个故事罢：

古时欧洲有一个饥而渴的中年人，忽然瞥见柜中藏着汽水一瓶，面包一块，他想先喝汽水，再吃面包。他正要动手的时候，主人说道："你或者吃面包，或者喝汽水——随便你。不过，我只准你吃或喝；不准你吃了又喝，喝了又吃。你还是喝？还是吃？"

那中年人不能决定，他不知道还是吃的好，还是喝的好。他想而又想，把面包捏捏，把水瓶动动，一声不响地跑开了。诗曰：

甲乙两念，
何取何弃？
人在其中，
全无意志。

故事之后，还有寓言：

欧洲有一个讲驴子的寓言，据说是皮利淡[①]（Buridan）的原著，所以大家都称它为“皮利淡的驴”。皮名祥（Jean），十四世纪时法国人。

那只驴子，已经饿了一天一夜了。他的饲者拿了两把草，预备给它吃。那两把草，一把放在它的左首，一把放在它的右首，各离驴子约二丈远。

驴向左看，又向右看。他想到左边去，走了一两步又回来。它又想到右边去，走了两三步，仍回原处。它这样左顾右盼，东奔西走地过了三天，一口草都没有吃到，竟硬硬的自己饿死了。歌曰：

有物不食——
怪哉驴子！
草难自至，
当然饿死。

① 今译布里丹，法国哲学家。

我想那只驴子，不是不肯跑路，也不是不要吃草。它想要吃较好的草。一时打不定主意，所以有这种行为。

人心总是不定。“不定”就是“无力选择”。古人说得好：“世界上最决定的事是——不定”。

原载一九四四年八月十五日《新中国报》

安　静

“我此时这个地方，人多事多，太繁忙了，太嘈杂了。我吃不住，我非告退不可。”

讲上面两句话的是一位县长，他讲那两句话在一年前。昨天我在无意中又碰见他，我们寒暄几句之后，他就说道：“太麻烦！我的家事太麻烦！今天要米明天要柴，后天又要买布。小孩子又要学费，学费又大涨而特涨，我哪里还管得了这许多？太不安静！我要到外面去旅行。”

我想他今天还没有动身。我劝他不必出门，因为心的安与不安，与场所是没有关系的。心定的人，在闹市中也能读书。心乱的人，在荒岛中亦不能凝思。有人告希腊哲学大家苏格拉底道：“某某因心神不安，出外旅行。据说，他没有得到任何好处。”苏答道：“我深信你的话。他出门的时候，连自己都带了去，没有把他的心放在家里，所以他一点进步都得不到呀！”

由此可知，人之安与不安，静与不静，忙与不忙，全在心境，不在地方。譬之病人：疾病在身上，虽天天搬场，今天到南京，明天飞北京，愈动愈劣，一无好处，反有坏处。诗曰：

心安与不安，
岂在乎场所？

猴急已成性，
庐山不解暑。

原载一九四四年八月二十日《新中国报》

偶　然

“偶然”含“不一定”“无自见”等意。这两个字的正义是“不期然而然”。

我们可以偶然遭殃，也可以偶然得福。人不小心，偶然误咽几个苍蝇子，数小时后，大吐大泻——这是遭殃。某老年人，不常出门，那日下午，他异想天开地大喊包车夫备车，说要到“大世界”左近去玩玩。他与他的车夫已经出去多年了，那日恰巧是“大世界”面前十字街口落下炸弹的一天。他们到现在还没有归家，想是当时打中了。——这也是遭殃。

但是所谓偶然者，不一定遭殃。人们偶然得福的故事，很多很多。请阅下文：

（一）某画家已经绘成一只十分疲倦的猎犬。他看了一看，倒还满意，不过尚有缺点，就是嘴巴边的飞沫与流涎写得不佳。改过之后，似乎更坏。他再三看，再四想，有点烦躁起来。……他真的动气了，拿了桌上浸满杂色的海绵，向画上掷去，适中犬口，偶然成了沫和涎最合式的形状。

（二）古时某将，忽患肺病。当时外科尚然幼稚，医师无法治疗，不敢为他施用手术。他对医师说道：“你们不能除去这瘤，我自己倒有法子来除去它。”当时战争正在猛烈进行中。第二天清早，他骑了一匹马，冲入敌营。他的意思，不是打仗，实是在寻死。不料他未到敌营，已经被守兵看见了，飞来一箭适中其胸，瘤破脓流，继以狂痛。他拨转马头，归回本营。他力竭而昏，医师先止他的痛，他醒了；后来又医他的疮口，不到三星期，他痊愈了。

有了上面那几个故事，足以见“偶然”力的强大。我想不必多讲了，且来一首歪诗以为结束罢：

不期然而然，
人称之偶然。
偶然能得福，
但亦入深渊。

原载一九四四年八月二十四日《新中国报》

远来和尚

我们有句话道："远来和尚，念得好经。"和尚虽有高僧与俗僧之别，然而远来的未必多高，近居的未必多俗，何以远来的就念得好经？近居的不会念呢？

这是一般人的心理。生疏者，总是好的；熟习的，总不大佳。将得者，想得者，总是好的；已得者，久得者，总不大佳。好古玩者，忽然购到一个"雨过天青"的瓷瓶，他得意极了，非独日夜陈列，并且到处告人，说它怎样怎样美观，怎样怎样稀罕。他已经决定那个瓶是他的传家之宝了。两个月之后，他在市场上得了一轴唐伯虎的画——观音像，他马上把它装裱起来，悬挂在客室中，他又依旧到处告人，赞它的美雅。有人问他道："你的雨过天青怎样了？"他答道："不必提了。冒充货，假的，我真上当。"

他的雨过天青，未必一定是冒充货。他的唐伯虎画，未必一定不是冒充。瓶已看惯了，画是将得的，所以他轻视前者而重视后者。

我在二十岁的时候，有人对我说道："北京秋季的天，较南方为高；秋季的月，较南方为大。北京的人民，较南方忠厚；北京的马路，较南方为阔。……"因为听了这许多北京的好话，我年年想去北京，然而总不能成行。到了去年秋季，我得到一个游北京的机会，我乐极了，赶快利用它，以满足我三十余年来的希望。不料到了那边，我所见到的人民，与南方无异；我所经过的马路，反而多尘；并且未尝高，月也未尝大。

据此可知无论人或物，总是不见的或不得的较佳。再来一句俗话罢：“老婆是别人家的好。”

罗马大将凯撒曾经说过类似的话道：“人因为天性短欠的缘故，往往最信——并且最惧——未见者，不知者。”诗曰：

别姓婆娘比我强；
山荆眉目太参差。
倘然彼此肯交换，
试问君情有几时？

原载一九四四年八月二十七日《新中国报》

绝对怀疑

倘然我问你“红是红的么？绿是绿的么？”你一定很快答我道：“红当然是红的，绿当然是绿的。”或者你还要加几句道：“黑也是黑的，白也是白的。我们并非小孩子，这种问题值得研究么？”

好的，让我来掉换一个值得研究的问题罢。我的问题是：“现在的江浙人，是不是真正的汉人？”我不知道你的答案是怎样，不过我知道你一定不肯说：“我们不是汉人。”并且我知道你一定不肯说：“我没有考证，我不知道。”

从前有一派专说“我不知道”的哲学家。他们对于世间一切——对于颜色或人种，对于政治或哲理——无不绝对怀疑。他们对于万事，总不肯作决定的断语。他们在探究之后或辩论之后，总不肯坚决地说“是”或“非”。他们的主要结束语，有下列者：（一）我不能解决，（二）两者相较，似乎彼善于此，（三）彼此皆虚，（四）我全无意见，（五）外形相似，不知内容如何，（六）取此弃彼，或取彼弃此，均不成问题，（七）真者或假，假者可真。……这种哲学派的祖师，名字叫做毕禄[①]（Pyrrho），希腊人，约生于公历前三六五年，卒于二七五年。他的主义我们称为“毕禄主义”。

---

① 今译皮拉斯，希望伊庇鲁斯国王。

我们不论谈天，或者求学，总应该有决断，总不可含含糊糊。我们总应该知道“十”以“三”除，必有余数；就是说，“十”不能分成均匀“三”股，数学书中的式子是：

$$10 \div 3 = 3\frac{1}{3}$$

我们对于这个式子是决定的，全无疑惑的。但是毕禄派的人仍旧有些不信。他们一定会说道：“我们姑且来做一个试验：把十寸长的一张纸条，均匀折成三股（份）——要折得均匀，折得整齐。然后用锋利的小刀，在两个折缝中间裁开，那岂不成为均均匀匀的三份么？十以三除，岂不是除得尽么？”

我们不必讥毕禄派，也不必誉毕禄派。怀疑固然是多事，但世间许多进步皆由怀疑而来。我们的科学家，我们的医学，已经达到极点、无可改良了么？恐怕还在发明中——不，还在试验中——不，不，还在怀疑中。诗曰：

（一）

不肯全信，
亦非不信。
这样态度，
算得明慎。

（二）

不是不否，

可是可否。
虽像滑头，
实慎重耳。

原载一九四四年八月三十一日《新中国报》

比上比下

“比上不足，比下有余。”

这八个字，这一句口头语，我想我国不知道的人，一定很少。我姑且把它的确义写出来，如下：

“我固然是一个财翁，但是家产更大的人很多，我不及他们。然而我并不穷，世界上不及我的真多呀！”

这个定义太抽象了，让我来换一个比较具体的罢：

“我每天吃的，淡粥菜饭而已，不及邻家的山珍海味。但是当此大战之时，连粥都不能入口的人，一定极多呀！”

有许多青年，痛骂这一句话。他们称它为不上进的哲学，不争气的哲学；他们又称它为怠惰哲学。他们以为人不前进，一定后退。换一句话来说，倘然我们不立时做成功一个全国或全世界的首富，那末我们必定渐渐成为乞丐；或者，倘然我们现在不吃山珍海味，将来连淡粥菜饭也吃不成功。

的确，非独青年，就是老人也喜欢“争气”。我们自己坐在人力车中的时候，回头看见许多步行者总赶不上来，心中不觉大乐——比下有余。忽然间轰，轰，轰（喇叭声）的几声，一部燃油的道洛牌新汽车超越而去了，无影无踪地去了，我们心中又不觉大恨——比上不足。

争气，或者上进，是好事情。我们总要力求胜过他人，总要设法自做领袖；这是志愿，当然可佩可敬。但是我们非力求不可，非设法不可，非显些大才不可。倘然一天到晚在家中闷坐闷想，怨天尤人，想胜过人，想做首富，想吃山珍海味，我们一定失败，恐怕渐渐地不独比上不足，连比下也不足了。

所以我劝世人最好上进的，胜过他人。倘然不能，那末只好保守，不入下流。这种“怠惰”哲学，倒是处世哲学，不知阅众以为然否？诗曰：

比上不足，
固然羞辱。
比下有余，
决无怨毒。

原载一九四四年九月三日《新中国报》

自己的形体

不论人类，不论鸟兽鱼虫，总尊重自己的形体，总以为自己为最美。我们常常说："其丑如鸭"（as ugly as a duck）。但为鸭者，一定不会自以为丑，它们一定以自己的形相为全世之中心。它们的心理是这样的：我是天之骄子，人类为我造屋，为我觅食——时时侍奉我，处处保护我；果然，他们有时杀我吃我，然而微虫（病菌）也杀他们，吃他们，并且他们自己也互相残杀；……总之，上天为我造地，俾我能走；为我造日，俾我能见；为我造水，俾我游泳。你看！我的脚多少阔，我的嘴多少长，我们鸭类，为世界一切的中心点。

鹤与鸭同类。但它能"制空"，能高飞！它的思想与"言语"当然更妙。

其他如狮如虎，如蝇如蚊，依我推想，莫不各有自尊之心，莫不各有自尊其形相之心理。

万物之中，惟人最灵。我们——人——有言语，有文字，能制衣，能造屋，……所以，我们自尊的心理与它们的不同了。

我们自尊之心理，如下：

最美丽，最大方的形相，是人的形相。因为上帝的形相，就是人的形相。

这种心理，根基下面的推论：

人无道德，则不能快乐；无理性则道德不能存在。除了人形之外，理性无法安身；所以上帝之相与人之相无异。

这种推论，固然可笑，固然不合逻辑。但是一般人，哲学家，宗教家……都不能脱离类此的偏见。诗曰：

（一）

人之形，
最洁整。
问何故？
上帝影。

（二）

既胆小，
又称雄。
原来呢？
也是虫。

原载一九四四年九月七日《新中国报》

万物之灵

人最老脸不知耻。人最傲慢，最能自尊自大。人自称“人为万物之灵”——这一句话，足以表见他骄矜到极点。

“万物”指一切动物——飞禽走兽，人当然在内。“灵”即聪明多智，能够利用，知道统制。万物中的人类，总以为自己等于神明，总以为自己是“天之骄子”。人类中的男女老幼，总有这样一个思想：

万物之灵，
是我与你。
飞禽走兽，
皆不足齿。

然而人到底灵不灵呢？我们——人——到底怎样超越？到底怎样胜过飞禽走兽？

我们骑马，我们玩猫玩狗，我们捕鱼捕鸟，我们杀猪杀羊，吃猪肉吃羊肉。我们利用它们，它们不能利用我们。我们岂不是胜过它们么？我们有理智，它们岂不是没有理智么？

禽兽真的没有理智么？

我不以为然。一匹野马，已经被你擒住了，但是你总骑不到它的背上去。后来你设法骑上去了，但是它向前狂奔，一小时中几几乎跑了百余里路。你的力竭了，双腿一松，它把你抛入山谷中。

马的顽强，就是它的理智。

禽兽并非没有理智，不过它们的理智，我们不大容易察觉罢了。我们不易察觉者，我们不可全说没有。地球的转动，我们不觉得，并且看不见，我们应该说地球不转动么?

我们真是愚笨，真是痴癫——我们何尝不说地球不转动的一类话?我们自称圣贤，自称万物之灵。其实我们不能高飞——不及禽类；我们不能远行——不及兽类。我们离天极远，以地为家，我们真低能，我们自己倒是下等动物。

原载一九四四年九月十日《新中国报》

躬　亲

我们求取知识，决不可借手他人，必定要亲自实验——躬亲。知识有大的，有小的；大的如高深哲理，小的如人生杂事。我们所求取的，不论大者小者，不论雅者杂者，应该一律躬亲。设或不然，我们一定达不到目的，一定得不到趣味。

譬如：一加三，再加五——那三个数目加起来，那当然是九。倘然小学生自己不学加法，自己不知加法的道理，他一定不会知道总数是九。倘然他强记他人的九，以为是自己的答案，他哪里能够学得好数学呢？

山珍海味，都摆在桌上，自己不吃，专请人吃。别人吃完之后，揩揩嘴巴，说道：“这样真嫩，那样真香，味道既好，吃了又饱。……”所谓好，所谓饱，所谓香嫩，都与你没有关系，因为你没有尝过，没有“躬亲”。诗曰：

饱食与求学，
意同而事异。
皆宜身自试，
不可乞人“赐”。

现在我来讲一个故事，以见古人求知之诚：

希腊哲学大家德莫葛李多士[①]，吃了几块小胡瓜（黄瓜），觉

① 今译德谟克里脱，希腊哲学家。

得有蜜糖的气味，甜极了，香极了。他吃吃闻闻，惊异之至。他问他的女仆道：“这些瓜哪里来的？”仆答道：“在市场上买来的。”德又问道：“为什么这样甜呀？”仆道：“因为我曾经把它们在蜜中浸过的缘故。”德道：“你讲话讲得太明白了。在蜜中浸过的那一层，你顶好不对我讲，让我自己来搜查。以后碰到类似之事，你万万不可讲得这样明白。你去，你去。我不相信你的话；我没有听见你的话，我仍旧要考查。”

德氏继续考查。他亲自到市场上去购些胡瓜，亲自把它们浸在蜜中，然后用口来尝，再三辨味，始信仆妇之言。德氏不肯滥用他人之答，他一定要自己一加三加五地一一实验，始知九之不误。

我们吃的东西，不一定滋补，但是我们总要细嚼缓吞，否则毫无味道。我们求的学问，不一定有用，但是我们总要东搜西索，否则毫无乐趣。东搜西索，固然耗费时间，然而不搜不索，不费时间，可以求得到学问么？

原载一九四四年九月二十一日《新中国报》

苦去甘来

我们有句老古话，叫做“苦去甘来”（亦作“苦尽甘来”）——这是错误的。甘与苦是混合的，不是分开的：甘中有苦，苦中有甘。先享得纯粹的甘，再遭受纯粹的苦；或者先遭受纯粹的苦，再享得纯粹的甘——世上哪里能有这种“境界线”呢？

本来，世上的一切，没有纯粹的，都是混成的。最清洁的空气，难免尘埃、微虫等等夹杂其间。最“正派”的黄金，倘然不加些铜质，不能制成手镯，不能制成表链，不能制成种种饰物。……我们的身，我们的心，都喜好混合物，都不要纯粹品。我们在受苦之时，未尝无乐；在享乐之时，定必有苦。诗曰：

苦中有乐，
乐中有苦。
此理至简，
不难觉悟。

让我再来把“此理”说一说罢：

看戏，亦称听戏，是苦的事？还是乐的事？许多人视为乐事，所以常常到戏园里去。但是看戏的时候，非受苦不可。唱工和谐，扮相适合，听了看了，当然心喜——乐。同时锣鼓喧噪，空气恶浊，听了闻了，实在可厌——苦。诗曰：

名角来登台，
大家去看戏。
唱工真动心，
锣鼓使人悸。

借观剧一事，已足见苦乐有同时性——同起同灭，不能隔离。但世间更有苦乐不辨的事，例如，画家起稿时的人面。我不能描人物，也不能绘山水，不过美术界的好友对我讲过：他们起稿时所描的几笔“筋肉”和“皱纹”，不论笑脸或哭脸，是全然相同的。最初我不信。一天我见一位名画家正在起稿——人脸，我看了又看，然后问道：“画成之后，他（指画中人）是不是有悲泣之状？”那位画家大怒道：“笑话，笑话！你以为我是初学涂抹么？这一张画中可以有哭的脸面么？真是……”我马上告罪道：“对不起！我是外行，我错了。他（仍指画中人）笑，他笑。”道歉之后，我们都笑，画家与我都哈哈大笑。我们笑了又笑，我们哄笑——到后来连眼泪都笑出来。哄笑和眼泪同来，也是“甘中有苦，苦中有甘”的证据。

原载一九四四年九月二十四日《新中国报》

以己度人

“以己度人”有两个意义：（甲）以小（己）度大（人），（乙）以大（己）度小（人）。两者皆讥。以小人之腹度君子之心，焉得不错？以君子之腹度小人之心，亦不适合。

“度”作“量”“较”“正”“计”等解。世上计较轻重，较正分量之器具，叫做秤。秤有大小，大者可量数千斤，小者不过十余斤。大秤的杆，粗而且长；小秤的杆，细而且短。大秤钩当然比小秤钩坚些，大秤铊当然比小秤铊重些。我们倘然拿大秤来估计珠宝的重量，或者拿小秤来估计钢铁的重量，是以大度小，或以小度大，都要失败。君子无法知道小人之心，犹大秤不能估量微细之物；小人不能明白君子之心，犹大秤不能估量巨物之重。

上面的譬喻，略有错误。小人之心，不必珠宝；君子之德，不必钢铁——请阅众注意。我所欲表达者是这样的：大器不合估计微物，等于小器不配估计巨物。换句话来讲，小人不能原谅君子，犹君子不肯疑惑小人。我们——不论君子小人——都是已经钉成的秤，但是我们不知道自己到底是大秤或是小秤。有时我们自己是小秤，想量巨物；有时我们自己是大秤，想量细物——所以常常走投无路，常常走入迷途。

没有见过高山、经过大海的人，以为天下皆是平原。倘然有人对他说爬山之苦及渡洋之险，他一定大笑，一定不信。没有听过无线电的人、没有坐过飞机的人，以为那些发明都是新西游记，都是瞎说。他说道："数百里以外的声音，哪里能够马上听得见？数千里的长途，哪里能够在短时间内跑得到？"

自己知道的，以为别人也知道；自己不知道的，以为别人也不知道——以己度人。自己喜好的，以为别人也喜好；自己不喜好的，以为别人也不喜好——以己度人。自己不喜欢写作而喜欢打牌的人，骂别人涂抹，劝别人打牌。诗曰：

自己不能文，
怨人动笔墨。
"快来打马将！
何必费心力？"

反之，喜欢写作的人，也怨恨喜欢打牌的人。诗曰：

世间万般事，
赌钱最下作。
"快丢马将牌，
文章饶欢乐。"

原载一九四四年九月三十日《新中国报》

小原因，大结果

天下的事，不一定“种瓜（原因）得瓜（结果），种豆（原因）得豆（结果）”。有时我们在种瓜种豆之后，完全得不到瓜豆（有原因，无结果），但有时我们种的是豆而得的是瓜（小原因，大结果）。本篇不讲有原因无结果，专讲小原因大结果。我在下面先述一件四年以前发生的事件：

有人带了两包赛骆（Celluloid）[①]制造品（玩具），趁十六路无轨电车由东而西。当时车中不挤，并且没有“禁烟”命令。那位乘客把包件塞入座位之下以后，即开始抽香烟（卷烟），剩下的烟屁股，他向地上一掼。不料这一掼，就发生一个大毛病：他没有掼在地上，掼到包中去了；不到八分钟，轰的一响，赛骆制品着火了，乘客的衣服着火了，电车本身也着火了。开车者马上停驶，逃下车去，售票人也逃了，多数乘客也逃了。不过一小部分的乘客，走不下来，都受重伤。这不是小小一个香烟头闹成一件大案子么？这不是小原因大结果么？诗曰：

小小香烟头，
毁车且害人。
粗心浮气者，
到处不留神。

① 即硝化纤维塑料，通译“赛璐璐”，旧称假象牙。

我还要讲一个历史的故事——小蜜蜂逐退大军队的故事，也是小原因大结果。故事如下：

葡萄牙在从前最强盛的时代，常常到外国去攻击他们的仇人。一次，他们的大军已经抵达谢鼎（Xiatine）国的唐立（Tamly）城。那边的人民，手无寸铁，不能抵抗；但是他们不肯投降，他们先把城门一关，再想取胜的方法。

他们的方法，想出来了：他们有的是蜜蜂，多的是蜂房；他们搬了许许多多蜂房到城墙上，用火一熏，那些蜜蜂都向外飞，都顺着风向葡军飞去，直刺他们。葡军中人人受痛，遂向后退——退，退，退，直退至本国。

这个故事，固然很幼稚，但是当时的战争也很幼稚。诸葛亮也很幼稚：兵临城下，还要用“空城计”。现在我们当然要用大炮飞机，当然要用流星炸弹。不过我讲小原因大结果，这个故事倒甚合宜。诗曰：

“星星之火，
可以燎原”。
区区蜜蜂，
保住城垣。

原载一九四四年十月七日《新中国报》

主有与享受

我们的处世哲学，是这样的：东西不必多有，只要能够享受。换句话讲：多有而不能享受，或者不知享受，等于没有；少有而知道享受，能够利用，等于多有。

好骨董者某姓，买了许多书画，藏在箱子里，舍不得给人看，自己又没有研究的功夫——这是多有而不能享受。另外一个贫穷的少年，家中只有一册石印《九成宫》、全部《芥子园画谱》、一本残缺的《唐诗三百首》、五六本《古文辞类纂》，他无力上学，在家中自修。他晨间读古文，读唐诗；午后习字，习画；晚上作文，作诗，写日记。这样地用工夫五、六年，他的诗文书画都精通了——这是少有而能利用。

知道享受者，虽少有亦乐；不能享受者，虽多有仍苦。诗曰：

东西何必多？
享受是前提。
不能辨味者，
鸡肉类乎泥。

我现在继续讲多有而不能享受者的苦：

从前有一个人，自二十岁起，年年出外经商。最初每年归家一次，住一、二十天。后来营业日盛，忙碌异常，非过四五年不能返里。他很节省，很能刻苦，所赚的钱无不一一汇至老家。到了五十余岁，他的家产大极了：他有房屋，有田地，有花园……。六十岁的秋季，他正想归家做寿，忽然染病而亡。他的新住宅，新花园，他还没有到过。这不是一个多有而苦的故事么？

再言少有而能享受的乐：

少年夫妇两人，拿了两只矮凳，坐在路旁纳凉。丈夫向邻人借到一张报纸静阅的时候，他的妻子拿手中半新半旧的蒲扇，为丈夫取风又带扇自己。报看完了，妻子代他去归还的时候，顺便在家中带来开水一杯。他们饮水谈天——谈往事，谈新闻——直至十时后始携了矮凳而归。他们所有的，实在不多，然而他们享受的，似乎极多。

由此可知，与其多有而不能利用，不如少有而能享受。诗曰：

体质欠康健，
黄金难卫护。
有福不能享，
确然错走路。

原载一九四四年十月十二日《新中国报》

菩萨·仙人·天使

菩萨，仙人，天使——这三种，这三种“神明”（？）还是阴性的多呢？还是阳性的多呀？

观世音菩萨，在中国，在日本，是阴性的。观世音菩萨在原来的印度，不是阴性而是阳性。我们为什么要改他的性？为什么将他化成女人？为什么不变其他的菩萨？

何仙姑是阴性。为什么八仙中要夹入一个阴性？我们为什么不把八仙分为四男仙，四女仙？或者我们在男八仙之外，另加八个女仙，岂不均齐么？

西洋的所谓“天使”，亦称“安吉儿”，都是阴性，都是女人。为什么全体都是女人？

阴性是不是较阳性温柔些？所以医院中的看护，大家中的保姆，几几乎全是女人。我说“几几乎”，因为南洋有男保姆，医院亦不乏男看护的缘故。但是男看护、男保姆，总不及女看护、女保姆的多。依此可知世人有许多事情，阴性办起来较阳性合宜。据西人说，魔鬼来迷人的时候，或者假装天使，或者僭取女相！西人又说，男子是“堕落的天使”。

堕落的天使，虽然曾经做过天使，但是已经犯过事了。倘然我们要重做天使，我们应该接近真正的天使，求她们矫正我们的错误。所以我们娶妻，但是我们不可嫖妓。

妓不是天使，而是魔鬼的变相。你看！妓女的衣服何等美丽！

魔鬼的颜色也不少，有许多西洋艺术绘成黑色？另外的绘成红色白色……

倘然我们规规矩矩地娶妻而不嫖妓，我们一定可以接近天使么？

也不一定，因为有许多天使，学效魔鬼的行为，终日终年地噪闹，定要把丈夫赶到魔鬼那边去。那些“天使”，倒是魔鬼的掮客。这个问题——家庭问题——似乎太大，我不敢讲。

但是篇首那两个问题：（一）为什么菩萨中只有一个阴性，并且是改化的？（二）为什么八仙中夹入一位何仙姑？我无法解答。一切菩萨都是堕落的天使；八仙中只有一位天使，不知何年何月能够感化那七位再成天使。诗曰：

仙人非菩萨，
亦不是天使。
道释耶三教，
主张全不似。

原载一九四四年十月十九日《新中国报》

讲话与不讲

讲话，包括闲谈，包括演说。

我们做人，还是多讲话的好呢？还是不讲话的好？讲话可以现露才学；不讲，岂不类乎傻子？但是古人中有深通七国语言而一言不发者，市场上有全无知识之人而大发谣言者。可见讲话不一定现露才学，有时反而现露痴愚。

不久之前，我听见一位职位极高者的演说。他的衣服何等整洁！他的声音何等严厉！但是他所讲的是什么呀？他所讲的，非独全无发明，连三个月以前报纸上的陈话，都不能够明明白白地转述出来！我恭然听了半天——听至十多分钟时，眼睛闭了。好得他后来很响的“完了”两字，将我惊醒，否则我一定打鼾。

摆开演说，且说闲谈。

闲谈怎样？那更可笑了。有一天，我遇见了一位银行家，他对我说道：“周先生你的学问这样好，为什么不教训教训后辈？我们的茶房，多数没有知识，最好教他们识些字。”我道：“那很容易。你叫他们进补习学校读夜课好了。”他道：“不对，不对！进学校不好，最好有靠得住的个人自自由由地尽尽义务。”他的意思欲我自尽义务，做他们茶房的认字教师。他未免视我太低——不过他也称赞我“靠得住”。他不知道我曾经教过中学，教过大学，并且现在我年岁虽老，依旧以文学指导青年。

讲外行话者，不止中国人，外国也有。请看下面：

古时西洋某高官去谒一位名画家，参观他的艺术室（Studio）。那位高官喜讲“大话”，发表了许许多多艺术上的意见。讲毕之后，他力促画家作答。画家再四辞谢。后来避无可避，只得勉勉强强地说道：“先生，你的相貌这样大方，你的表链这样粗重！你进门的时候，我以为你是一个人才——出众的人才。可惜你开过口，讲过话！你所讲的，太浮浅了。你所讲的，我工作室中最下劣的学徒都知道了。你看！他们还在那边暗笑哩！”诗曰：

精通学艺者，
不妨常谈话。
全本外行人，
多言必失败。

原载一九四四年十月二十二日《新中国报》

借来的学问

借来的学问，不是自己实得的学问，只能借用学问者，即不能实求学问者，一定没有真的、充分的智慧。请阅下面的譬喻：

在冬季很冷的早晨，家中虽然有煤有油，但是没有引火的火柴，无法“生”起炉子来。市上相隔太远，不便去买，只好向邻家借贷。

他——主人或者仆人——到了邻家之后，见他们的炉子已经生好了——暖得很。他烘烘手，烘烘脚，坐在那边长谈，坐在那边享火。坐了半天，全然忘记了原来的目的，没有向他们告借火柴。

现在的许许多多中学生，报名交费之后，不去上课；就是去上课，也不过像听书式的听教师“演说”，自己不做功课，不愿用心。这与上面譬喻中的借火者，似乎相同。借火者没有把火柴拿回家中，求学者没有把智慧装入脑中。借火者在邻家固然得些温暖气，求学者在校中也固然闻些口头谭，但两者都不是自己的——至多是借来的。

我有一件借学问的实事，讲（写）给大众听（看）：

某日——二年以前——来了一位深通（？）德语的友人。我问道：“你现在还研究德语么？”他答道：“我没有间断过，已经过十二年了，随便什么话，我都能听得懂，随便什么书，我都看得懂。”我道：“好极了！我有一件小事情要请教。在《浮士德》的原文中，我有三个字不明白它们的确义，今天请你赐教。”说毕之后，我就翻出书来，指给他看。他看了好久，又想了好久，说道："请你拿一本大的德华字典来，让我查明白了，再讲给你听。"

字典上当然无奇不有！军械呀，飞机呀，中饱呀，偷漏呀，贪污呀……哪一样没有？他会查字典，难道我不会么？查字典，等于借学问。他去借，与我去借，有何分别？

我另外有一位朋友，家中收藏的铅版书，石印书……真是不少。他走路像一个学者，讲话也像一个学者，不过他从来没有将家藏之书，读完一册。别人见他收藏丰富，误以为他是一个博学之士。其实，他没有学问，他的学问，他的名誉，是借来的。

从前有一个好名誉的富人，家中雇用许多有学之士。他对亲友"鼠牛比"①地说道："上至天文，下至地理，我无所不知，无所不晓。你们倘然遇到疑难的问题，尽管到我家里来问我好了。我决不以此为烦恼的。"后来别人屡试屡验，固然不错。再后来，别人渐渐知道那些解答，都不是他自己的，都借自他的雇士的。

学问最好由自己求获，不可借手他人。自己得的，用之不竭；托人求的，分量有限。诗曰：

借火与修学，
情形差不多。
自求最富足，
代取无几何。

原载一九四四年十月二十五日《新中国报》

① 系上海俗语，即吹牛。

互　助

在此适者生存的世界上，许多人以为我们所见的，全是弱肉强食，全不合作，全不互助。这许多人，自称为达尔文派(Darwinion)。

达尔文的主义，美其名曰“进化”，美其名曰“天演”，实在是残苛，实在是杀戮，我不十分赞成。他所见到的，固然有一部真理，但是另外一部分也是真理——另外的一部分真理，不是残杀，而是互助。我在本篇中，略提世界上的真性合作——就是互助。请阅下文：

荒野的地方，尤其是绝无人迹的地方——例如，亚细亚洲北部——岂不是多虎多熊么？多虎多熊的地方，一定多狗——野狗。野狗当然不及虎熊的强，但是狗能合群，能够保护自己，能够攻打虎熊。亚细亚北荒野地带的虎熊，非独不敢侵狗，并且还要防狗。又海鸥亦能合众，故任何猛禽（鹰，枭）不能侵犯它们，见了它们，反而逃避。

这两件事，足以证明合群的有力。合群就是合作，就是互助。

鱼类也能互助。俗语道：“大鱼吃小鱼”；许多大鱼固然吃小鱼，但是例外的事也很不少。现在让我来讲一件：

鲸鱼大不大？海中有类似白杨（Sea gdgeon）者，不是大鱼。但是鲸鱼决不吞食白杨。

鲸鱼与白杨到处合作，到处互助，为天然界中最好的伴友。鲸鱼游泳时的前导，全是白杨，鲸鱼自己不知方向；没有白杨引路，鲸鱼寸步难行，东碰西撞，类似盲目人。

鲸鱼可以吞船，可以吃人，但是白杨常常在鲸鱼口中跑进跑出，绝无危险。并且白杨得在鲸鱼口中“睡眠”。白杨一进鲸鱼的口，则鲸鱼停止一切，安身不动——要等白杨休息完毕，一一出来，然后随它们前进。鲸鱼好比一只大船，白杨是它的舵。倘然摇船的人，不能与舵工合作，那末触礁的危险能不发生么？所以鲸鱼虽大，不轻视体小的白杨，所以鲸鱼与白杨合作，互相为助。

又，鳄鱼那种怪物，也知道与“异族”合作。它的朋友是鷦鷯（Wren），它的仇人是猫鼬（Ichneumon）。它最喜欢瞌睡，猫鼬趁它瞌睡的时候往往作弄它。鷦鷯呢？鷦鷯做它的“哨兵”，一见猫鼬，不是大噪大叫，就啄它的背，使它醒来。鳄拿什么做酬报呢？它准许鷦鷯跑入它的口中，一任其取食剩余之物。它决不闭口，使鷦鷯闷死。

我讲了半天禽与鱼，没有讲到人，因为我们自己的互助或互害，历史上及报纸上例子太多了，大家已经明白了，我何必再讲呢？我想不必讲人，我不如做一首歪诗罢：

强权虽日增，
互助仍然有：
鲸腹白杨眠，
鷦鷯为鳄友。

原载一九四四年十月二十八日《新中国报》

蚕与羊

农夫饲蚕，日夜不安，既要顾到它们的食物，又要顾到它们的寒暖。倘然蚕是父亲母亲，农夫这样地关心他们，真的孝子所不及了！然而结果呢？蚕的身被烘了，蚕的“皮”被剥了。农夫不是孝敬它们，农夫要它们为他工作。农夫想它们的好处。

因此，我知道人不可专求舒服，专靠仆人的侍奉。我们非自己努力不可，我们不可做蚕。

与蚕相似者，即专靠外力者，或全赖外力的指导而缺乏自己的判断者，是兽类的羊。

羊的智力，当然较蚕的智力为高。羊有信仰心，羊有服从心。它们以为牧羊人是它们的指导者，真心为它们服务，不欺骗它们，不使它吃亏。

牧羊人固然为羊群服务，他拿了手杖，口中“傲，傲，傲”地大喊，为羊群“清道”。他引导全群，羊不必择路，只要跟他跑，决不会迷途的。即使偶尔有迷路的，他或者自己来找，或者差他的“警察”来找。

他的警察不是人而是狗。狗的作用二：防羊群走失，防豺狼来侵。狗非独不可咬羊，并且不准狂吠。羊柔弱胆小，狂吠则受惊而病。

羊有病时，牧者时时去看它，抚它，抱它——安慰它。有时羊被狼偷吃了，羊主人，即牧羊者的老板一定亲到羊棚旁来仔细察看，一定赌咒似的说道：“还了得！非报复不可！它们敢吃我的羊！”

过了四五天，羊棚上果然悬了三个狼头。狼被杀了。老母羊对它的儿女说道：“一只羊的命，等于三只狼的命，以后狼还敢来侵犯么？”

老母羊又告训它的儿女道：“我们的主人很慈悲，我们的牧人也能尽职。他们优待我们，我们祝他们长寿，祝他们安乐。他们给我们吃，给我们住，引领我们到外面去闲步，又引领我们安然回家。他们供养我们，保护我们。他们能够安乐长寿，我们一定也会安乐长寿……”。

话犹未毕，忽的哄，哄，哄，来了一辆汽车。牧羊人将他们全体送上车去。半小时后，它们下车，走入一所大洋房。里面有些血腥气，还有一个拿刀的凶人。

一只小羊自言自语道：“什么事？到此地来干什么？”它回头一看，见它们的保护者、牧羊人尚未离去，继续说道：“不要紧！他在此，别人不敢欺侮我们的。”

正在此时，那个凶人突然擒住小羊，缚住四足，轻而易举地抽出刀来，向它的喉间一刺。牧羊人一声不响，若无其事。小羊就此呜呼哀哉了。诗曰：

（一）

牧羊人，
护羊群；
防豺狼，
防疫馑。

（二）

牧羊人，
羊之“神”，
为彼辈，
日夜巡。

（三）

羊肥嫩，
羊长成，
入屠场，
遭割烹。

（四）

“何主上，
忘我们？”
话未毕，
神已昏。

原载一九四四年十一月二日《新中国报》

孤单与结交

有许多人天性孤单，喜好独来独往。另有许多人天性热闹，喜好交结朋友。我们还是孤独的好呢？还是热闹的好呀？

欧西有一种古谚，好像是歌，然而不是，它的大意如下：

一人孤单，
二人为伴，
三人成群。

“一人，二人，三人”是指旅行而言的。我们出门旅行，还是独自一人的好呢？还是两人同行的好呢？或者聚了许许多多男男女女，组成一个团体，然后到外埠去的好？据我所知，一人独行，果然寂寞无助，但是二人以上，无不发生歧见。出门旅行，最好两人，谈天说地，决不口角。

除了旅行之外，平时也不宜天翻地覆的乱轧朋友。你家中虽然没有大花园，图书馆……但是你总有几扇窗子，总有几册破书。你安安静静地坐在窗下看书，或者向窗外望望高厦，岂不享福么？讲得确实些：古代帝王想要得到这种清福，尚然想不到。

倘然你的心不肯安定，要乱交朋友，那末请阅下面的故事——从旧书中转录下来的：

一士人谓僧曰：“吾辈俗家，难除烦恼，不如上人安闲自在。”

僧答曰:“吾等虽居方外,亦须结交官场,酬应富商——必面面周到,方能得檀越[①]欢心，大非易事，安能及居士之逍遥自在耶！”某答曰：“如此说来，做了和尚，还免不脱烦恼！奉劝我师，曷不于出家当中，再去出家呢！”僧闻而大惭。诗曰：

天生“热闹”者，
何必做和尚?
我心若安宁，
窗前有宝藏。

原载一九四四年十一月六日《新中国报》

① 系梵文Danapati的意译，即施主。

胆怯为残酷之母

旧时欧洲人有一句话，叫做“胆怯为残酷之母”。粗粗一看，此话似乎矛盾，细细一想实在一点也不错。你看历史上那些喜好杀人的暴君，岂不是常常有妇女性的举动么？让我来讲一个故事，以阐明此理。故事如下：

罗马的倪禄[①]（Nero）王（生于公历三七年，卒于六八年），性嗜杀人，是一个著名的暴君。但是每次他在死罪令上划押的时候，他不是悲泣，必定说道：“我希望我不识字，我希望我不能在死罪令上签字。”

我还有一个类乎上面的故事：

另外一个国王，名字叫做亚力山大[②]（Alexander）者，也是一个暴君，也喜欢杀人。但是他不敢到戏园里去看悲剧，因为看见了那些扮演的惨事，非大哭不可。国王在戏园中哭泣，老百姓看见了，知道了，岂不要笑他么？

两个暴君，都好杀人；一个怕签字，一个怕看戏。杀人是残酷，怕惧是胆怯，胆怯就是不勇。他们的杀人，是弱而不是勇。

勇的杀人是决斗，是打仗。士兵在战场上杀死敌人，是勇的表现。淫妇在私室中谋杀亲夫，是怯的实证。我们做人，总宜明

---

① 今译尼禄，罗马暴君。

② 今译亚历山大，马其顿国王，或希腊国王。

枪交战，不可暗箭伤人。

明枪交战者勇，
暗箭伤人者怯。
自己既无胆略，
何尚欺人枉法？

原载一九四四年十一月十一日《新中国报》

白天与夜晚

白天光明，夜晚黑暗。道义行于光明之时，罪恶成于黑暗之中。奸淫掳掠，虽有行于白天者，然终不如夜晚之多。规行矩步，虽有见于夜晚者，然终不及白天之广。

白天的开始，叫做黎明。夜晚的顶点，叫做午夜。

在黎明时，万物都醒了——鸟鸣了，花放了，日东升了，人起身了。

人在黎明时，觉得脑筋很清爽，见理很真确。昨夜转辗反侧时的怨天尤人，都是自己的错误，与环境绝无关系。昨夜的无数恶梦——人来杀我，我欲杀人——真可怕！真是可笑！

午夜为病人最难过的时间。病人在这个时候，无不呻吟，无不叫苦连天。他自说自话道："我此番的病，恐怕不起了罢。这样痛！这样难受！喔，这样热！快点拿些冷水来！我想我活不到明天了。……天就要亮么？什么时候天亮呀！"

将近天亮（黎明），病人鼾鼾地入睡了。一觉醒来，满身大汗，他说道："外面的鸟，叫得很好听。请你们把窗子打开少些。……我有些饿，想喝点米汤。……"

白天与夜晚的情形，真是不同！诗曰：

清晨脑力强，
子夜心愚蒙。

白日与昏夜，
情形大不同。

原载一九四四年十一月十六日《新中国报》

激　情

激情（Passion）是异常的心境，例如，悲伤，狂喜——非独无益于身体，并且能使人突然死亡。它的现象，颇似中魔（麻痹）。请阅下面的西洋故事：

（一）悲伤。——当费棣能（Ferdinand）国王与匈牙利皇后展开大战的时候，大家都看见一位骑兵最勇，最能尽职。不料那位骑兵在将近收兵之际，受伤身死。

遗体已经携回来了，大家都去追悼他。大尉雷石克（Raisciac）也随了众人，跑过去看死者究竟是什么人——何姓何名。

武装卸除之后，骑兵的面目全露了，大家都嚎啕大哭。

雷石克近身一看，呆住了！他非独一点眼泪也没有，并且一句闲话也不讲。他看了又看，看了又看——双目用尽全神，注视那个尸体。……他不声不响，不哭不笑，看了半天，身体往后一倒，就此死了。

这是悲伤的故事。那位勇敢的，受伤身死的骑兵，是他的独养儿子！

（二）狂喜。——狂喜也能使人昏迷失神。下面是情人所讲的话。原文是韵文，译文是白话：

克服众人的李斯弼（Lesbia）呀！
你的双目已经把我的智力攫去了。

第一次尊目发出得胜之光对我看时，
我似乎受了突然打击的样式不知道应该讲些什么。

我有口难言；
一种奇特的火焰，走入我的脉经。
我耳中似有铃声，聋了。
我的双目之前都被一重一重的黑圈遮蔽了。

现在我把这诗，写成中国的韵文。不过我无力尽达原诗之意，请阅众原谅：

李姬有双目，
娇柔夺我魂。
遭伊一顾盼，
开口难成言。

三寸虽然在，
六神早不存。
眼前皆黑影，
耳内似车喧。

原载一九四四年十一月十九日《新中国报》

说目力

目力有特佳者，能看到较远的地方；亦有不佳者，只能见近身的人物。但特佳者与不佳者互比，其差别并不甚大，至多不过五倍，十倍，或二十倍。目力最佳者，决不能在苏州的虎丘山上，望见杭州城隍山的蚂蚁打仗或者摆阵。目力最劣者，也不会误认自己所伸出的五指为挡路的栅门。人与人的目力，虽然有远近之差，但到底有限。

人与禽的相差，真的大了！鸟的目力最强——大约胜人百倍。地上有米一粒，人在三英尺以外已经看不明白了；鸟在三百英尺以外，尚能看得明明白白。并且鸟目除望远之外，还有显微的能力。

蛇的目力最弱。不行动的物，无动作的物，它们全然看不见。它们全靠它们的叉状舌来知道上下前后的“环境”。

虫目的组织，甚奇甚奇！小小一个苍蝇，有两种眼睛：（一）复眼，（二）单眼。单眼在复眼中。复眼为观远物之用，单眼为观近物之用。复眼所及，约长一丈的距离。

鱼不能辨色——色盲。它们所见的，都是灰色——或淡或深。

兔目不类人目，在面之两旁，不在面之正前。它们双目所见的，不合成一人或一物，而分为左一人右一人；左一物右一物。人的双目，合见一人或一物。

人目转动时，无不全盲。不过此乃一种极疾速的进行，我们自己不觉得，不知道。诗曰：

（一）

我今说目力：
鸟类胜人群。
爬蛇不遥视；
飞蝇善区分。

（二）

我今说眸子：
优劣难增改。
人类不如禽，
相差一百倍。

原载一九四四年十一月二十三日《新中国报》

自知之明

俗语道：“自屎不嫌臭”。这就是说，“自己的总是好的，别人的总是不好的”，也就是说，“世上少有自知之明的人”。

自知之明，不是学问，也不是道德，然而最难求得——比科学，它更加难求，更加难得。我们万万见不到自己的丑态，想不到自己的糊涂。我们常常称别人恶形，常常说别人错误。我们自己，其实与别人完全相同，但是我们批评别人，不批评自己。

提到专批评别人，不批评自己，我有一个实例：

中年人林君，性喜“鼠牛”[①]。他一遇机会，就说他是世家子弟，他的父亲曾任某省知府，他的祖父曾任某省学政，他的叔祖曾任某省巡抚，他的曾祖曾经拜相。……听他那些话的人，十九都不相信他。独有赵君很注意他。赵君每次听林君话的时候，无不细加盘诘。林赵两君，都是我多年前的朋友。

一天赵君匆匆忙忙的跑到我家里来，对我说：“林君吹牛吹得太过分，他的话一点都靠不住。你知道他的父亲是何种样人？他的父亲是一个远省来的商人，同他的母亲姘了两三年不告而别地跑了。他的祖父，他的叔祖，他的曾祖，他当然不知道。就是他父亲的真姓名，恐怕他也不知道。……我们的家谱——前两个月我送给你的——你翻过没有？我们的老祖宗，我们能够追溯得明明

① 系“鼠牛比”简称，即吹牛。

白白。非独宋太祖（赵匡胤），就是赵普（汉朝），也与我们有直接的血统关系。”

我点点头，又向他微笑。我巴不得对他这样地讲：“他的喜谈系统，与你的刊刻家谱，事情虽异，用意实同。他固然瞎三话四，但是你的证据在哪里呢？”然而我没有开口讲出来！

我们讥笑别人，不讥笑自己。诗曰：

不知自己丑，
但见他人短——
此态最寻常！
斯情实怪诞！

原载一九四四年十一月二十四日《新中国报》

名与实

粪总是粪，蛆总是蛆。就是我们以较善的名称给它们——就是我们称“粪”为“金饼”，称“蛆”为“银龙”——它们仍旧是臭的，仍旧是浊的。换句话说，名与实互相连贯，不能分离；美的名称决然不能改善恶的物质。

人类（实）虽然不是物质，但荣誉（名）也不能改变我们的性情。某甲是天生的一个强盗，你称他“豪士”，呼他“先生”，有什么用呢？他依然明劫暗偷，敲竹杠，刨黄瓜[①]，无所不为。他固然常常入庙进香，祈求后福；他又结交士绅，换帖子，拜兄弟，求取荣誉。他的后福，求得到或者求不到，我不知道；不过，他的荣誉，我知道他一定是求不到的。为什么呢？因为他没有美质，哪里能够把美名附上去呢？恶人哪里能够得到荣誉呢？

但是世上的恶人，一定想得荣誉。那种喜得荣誉的恶人，好比饥饿之人，不去求饭吃，不去买柴买米，而向朋友借新帽、新鞋、新衣服，想穿了在路上东跑西跑地出风头——岂不傻么？诗曰：

肚皮最要紧，
衣服比较轻。
为何不务实？

① 系杭州俗语，意与“敲竹杠”相近。

愚哉贪虚荣！

我们最好不求名誉，不引人称赞。古时快乐派（哲学家）的格言是：隐匿自己。这四个字劝人不求虚名，劝人不以公事烦身；虽然有些消极，然而也有哲理。

原载一九四四年十一月二十六日《新中国报》

门第与才能

门第是遗传的，才能是天生的。门第显贵的人，不一定才能高大；才能高大的人，不一定门第显贵。门第显贵而一无所能者，不可自傲；才能高大而出身微贱者，不必自弃。门第与才能皆高者，固然可羡；但与其只有门第而无才能，不如只有才能而无门第。

上文所言，是人贵独立，不宜依赖祖宗的意思。下面的寓言，表现依赖祖宗者的可耻：

黎明时，敌人突然来侵，守兵未察而众鹅则狂叫不已。因此，兵与民都醒了，到城墙上一望，不得了！不得了！敌国大军几已抵达城门了，赶快武装，赶快抵抗，敌军全退。

这是古代罗马的故事。罗马人因为鹅类有功，所以很敬重它们。

某次，罗马人某姓养了几只肥鹅，拿了刀子要杀它们。其中之一忽作人言道："不可，不可，你不可杀我们。你应该知道我们的祖宗是有大功于罗马的。你应该敬重它们的子孙，不应该杀死它们的子孙。"

那某姓人答道："你们的祖宗，固然有功，我也知道的。但是你呢？我养了你这许多时候，你吃了我这许多食品！你拿什么来报答我呢？"那人提起刀来，就把它先杀了。

我今天喜讲故事，让我再讲一个罢：

希腊国王亚力山大的大将名安狄戈努士[1]（Antigonus）者（生于纪元前三八二年，卒于三〇一年），手下缺了一名副将。某日，一少年人——即旧副将的儿子——来见安大将，说道："我父亲是一个勇敢之人。他死了，他的遗缺，可不可以让我继续下去？"安大将答道："我的世侄呀，请你原谅我。你的出身固然可靠，但是我选择将官，不管他们的门第，只顾他们的能力。我不能请你为副将，你一定要原谅我。"诗曰：

效力疆场上，
但求能建功。
出身虽显贵，
未必是英雄。

最末：明朱之瑜，余姚人，少年伉爽有志概。有持了一册家谱来献者道："朱文公的儿子，曾经做过余姚县令，并且后来居家在此。我们此地所有姓朱的族人，想附入他的谱。你以为怎样？"之瑜答道："中有一世讹脱，即难征信。且人贵自立，我们何必攀附紫阳呢？"紫阳即朱文公。之瑜字楚屿，又字鲁屿，即舜水先生。明乱，载经史入海，流寓日本。

原载一九四四年十一月三十日《新中国报》

① 今译安提哥拉，希腊将军及马其顿国王。

声音的响轻

唱戏的声音，应当响亮，否则看客听不清楚。演讲的声音，应当洪大，否则座客听不明白。在私室中谈话的时候，我们的声音，还是应当亮呢？还是应当低呀？

世上有许多男女，不论在房间中或在街道上，不论闲谈或者辩论，声音总是高高的，总是哗喇，哗喇的。倘然旁边有人听不惯，大胆地请求他们轻些，他们一定眼睛横横，怒然说道：“在此地话都不能讲么？有什么响不响？活人讲话总有声音的。你们不要我讲话，我就不讲。我不讲，我不讲！”最末的那“我不讲，我不讲”六字，当然比较前面所讲的更加响亮，当然比较唱戏演说更加响亮洪大。

嘴巴生在我身上，喉咙生在我身上，——我讲话的声音，由得我响，由得我轻。别人应该干涉么？我肯让别人干涉么？

这是一般人的心理，错误的心理。

讲话实在不是个人的事，讲话是双方面的，不是单方面的。好比玩网球者，二人打的与四人打的不同。二人打的有二人的打法，四人的有四人的打法。但无论如何，发球者总要注意到对方的受球者。发球者总要注意何时宜轻，何时宜重，何时宜急，何时宜缓 。

发言亦然。对聋子讲话，理应加高声音；对情人讲话，决然不可咆哮。至亲好友在客室中闲谈，大皆都是面对面的，宜乎温温和和。诗曰：

放送与收受，
声音要相配。
或高或太低，
闻者最难耐。

原载一九四四年十二月二日《新中国报》

在侍从的眼中

西洋有句俗话说道：“在侍从的眼中，主人都不是英雄”。它的确义是这样的：在公事室中似乎很漂亮，很正大的人，回到家中，无话不谈，无恶不作。知道他全体的，知道他内外两方面的，只有他亲信的人。

人总是两方面的：(一)内，(二)外。我们穿了规规矩矩的衣服，到外面去办公，你看哪一个不是君子？等到回归私宅，脱了外衣，还要脱鞋袜，坐既坐不定，立又立不稳，口中乱话三千，他还是一个君子么？他不到一小时，已经变成一个“小人”了。

从前上海某大学有一位道貌岸然的国文教师。他蓬了头，穿了大布长衫来上课的时候，常劝学生不赌不嫖。他出言极诚，因此众学生很相信他。第二学期开始，多了一个插班生，那个学生与那位教师，同里而居。教师不认识学生，学生倒很认识教师。某日教师又在课堂上滔滔不绝地大发警告之言，那个新学生听到了，咳了又笑，笑了又咳。散课后，同学责他道：“老先生是一个好人。下次他讲话的时候，你千万不可这样，你不可存心欺负好人。”新生大笑而答道：“你相信他么？他家里有一个大太太，三个小老婆。昨天他们五个人想要同时打马将，抢不好。闹了大半夜。我们是比邻，我住在他的隔壁，他的私生活，我统统都知道。”

私生活哪里会与“公生活”一样的呢？大官员出来的时候，当然穿礼服；他回“公馆”后，也穿礼服么？他在家中时，与小百姓有什么不同？蚊虫苍蝇也要侵犯他。寒热疾病，他也不能避免。人，有血肉的人，相差不多。不论皇帝或乞丐，不论大官小民，个个都有（一）内（二）外之分，——（内）“戮乱五花星”，（外）“像煞有介事”。只见其外，不见其内者，以为世上全是英雄；只见其内，不见其外者，以为世上全无英雄。西洋的那句俗话，真聪智呀！诗曰：

众生差不多，
个个会歌哭。
若要做超人，
除非无血肉。

原载一九四四年十二月五日《新中国报》

辗　转

“辗转”两字，在本篇中，不指车轮，而指睡眠。不论老幼，不论贫富，我们于二十四小时内，不得不睡眠一次。据说，吾国的张之洞，美国的安迪生，能够三天三夜不睡觉。但是一般人，到了一日中相当的时间，眼睛干了，精神疲了，非上床休息，马上就会生病。诗曰：

不论人禽兽，
睡眠最重要。
三天不息止，
大众称奇妙。

但根据最近的医学，身体极强健者，可于二百三十一小时（几几乎十天）内，全不睡眠。三日三夜不息止，尚然称不得奇妙。不过本篇所讲，不是睡眠，而是睡眠中的辗转——我似乎有些离题，让我立刻勒马回头，言归正传：

辗转，就是自动，就是翻身。我们在睡梦中常常讲话。我们在睡梦中，有没有动作？多年以前，大家（包括科学家及普通人）以为不动是睡眠的常规，翻身是睡眠的变态。现在经过专家（医师）的研究，我们知道这是一个公共的错误。我们知道我们不论体强体弱，在睡梦中一定会自动，一定会翻身。平均计算，睡眠者于八小时中，变易他的姿势三十五次，每次五分钟至十分钟。

最初（公历一九三一年）得到此结果，是一位美国州立大学的教授，名庄逊赫立[①]（Harry Johnson）。庄氏所研究的人，共计一百六十名，其中有一夜中只变二十次者，亦有一夜中变易六十次者——三十五次是平均数。有痛苦者，受刺激者，食不饱者或过量者，温度高者或便秘者，翻身甚勤，因此休息不多。疲乏过甚者，饮酒过量者，床铺不良或被服不称者，翻身太少，因此休息不全。前者易病，后者身僵。老年人常醒，小孩儿狂睡。工人较常人多睡，女人较男人多睡。一人独睡时的辗转，与夫妇同睡时辗转，大不相同；其原因在床铺的宽狭。被的厚薄，及垫的硬软，也与辗转有关系。

庄逊教授的著作，名字叫做《予休止以活力》（*Vitalizing Rest*），有图有文，倒是一本值得研究的小册子。

原载一九四四年十二月七日《新中国报》

① 今译约翰逊，英国词典编纂家及作家。

作品的优劣

作品的优劣，半在内容，半在文字。本篇所谓“作品”专指著述（亦称著作，或称文章）。

一个乡下初来上海的麻脸老妇，忽然涂了脂粉，戴上西式帽，穿上高跟鞋，着了最时新、最高贵质料的旗袍，外加貂皮短大衣。她跑到街上来，你看见了，以为怎样？你以为她时髦么？你以为她美不美？

另外一个城中的少妇，天生一只鹅蛋脸，皮肉既嫩，颜色又佳。她蓬了头，赤了脚，身上着的都是破衣破裤。她跑到闹市中来，虽不向你讨饭，向你要钱，你总当她是乞丐，你一定不敢看她，一定不能见她的美丽。

形相是要紧的，妆扮也是要紧的。美丽的身体，当然可用合适的服装以为表现；丑陋的形相，决然不是时髦服装所能掩蔽。麻脸总是麻脸，穿了貂皮大衣有什么用？美貌总是美貌，换穿新衣新裤马上改观。

作品颇似妇女，内容就是形相，文字就是服装。内容不良，用好文字来传达它，必定变成美妆的麻脸老妇。这就是古人所谓“言之无物”。内容极良，没有文字来表达它，必定变成褴褛的美貌姑娘，这岂非有物不言么？

古时雅典人，内容与文字并重。斯巴达人注重简洁。喀里塔（Crete）人，专求内容的丰富，不求文字的优雅。这是大哲学家巴拉图[1]批评当时本国人的话。他的隐义是：雅典人最精明，因为兼重内容与文字。我很赞成他的意思。我不喜欢见美妆的丑妇，也不喜欢见褴褛的美女。诗曰：

实质与形式，
相连成丽物。
文章固若是，
美女何尝不！

原载一九四四年十二月九日《新中国报》

① 今译柏拉图，希腊哲学家。

装腔作势

不论你的道德怎样高，不论你的学问怎样好，我劝你不要摆架子。

摆架子，就是装腔作势。

装腔作势者，自以为品学兼优，有许多地方是不肯去的，有许多言语是不肯讲的。清代末年，浙江有一位全省闻名的道学先生，接到一个请吃花酒的帖子。他非独不肯赴约，并且写了一封长信，大大责备他那位出请帖的友人。他信中主要的一语是“读书人岂可挟妓饮酒？”后来那位老先生，到了六十多岁，身患恶疾而亡。据说他虽然不肯公然入堂子、吃花酒，他倒暗暗打野鸡、偷婆娘。那位老先生，真能摆空架子。

多年前的某夕，郑公设宴，同座都是我的熟人。我不识相，闹了一个大笑话，恐怕我多喝了酒罢。我忽然想到古小说《金瓶梅》，口中就说出潘金莲、李瓶儿等名字来。我最初称赞金瓶美丽的时候，男客大家不响，女客大笑不止。等到后来我讲到金瓶招待西门庆的方法，男客对我怒目而视；两位女客，一位垂头，一位以手蔽面。我仍旧不识相，继续妄言，继续大嚼。……我真的丑极了，我竟不知道他们已经完全离席了。我一看，连主人也不见了。剩下来的我，只好独酌独嚼。其实我没大醉。我听见隔壁客室中一个男子批评道：“岂有此理！那种话能在大庭广众中讲么？”讲那句话的人姓高，他是我多年的花酒朋友。他真能装腔，我太不作势。

那天晚上，我未免过分。有女客在座，我们本不应该提起那些风花雪月的事。不过那两位女客，你知道是什么出身？姓潘的由妓而妾，姓李的两离两嫁。

我们做人，——像我那样过分，固然错误，但是上文的“老先生”也太虚伪。诗曰：

装腔作势，
岂是君子？
极端直爽，
亦受轻视。

所以，我们做人，不应该去的地方，倘然有人硬拖我们去，不妨去去；不应该讲的话，倘然有人硬要我们讲，不妨讲讲。否则我们一定变成讨厌人、伪君子——一个朋友都没有。但是不可过度呀！奉劝诸君，一方面不必装腔作势，一方面不可过度爽直。

原载一九四四年十二月十日《新中国报》

长生之道

长生之道，包含在这四个字中——“平心静气”。

“平心静气”那四个字，倘然要讲得明白些，就是“不管闲事”的意思。人总喜欢管闲事的——“吃自己的饭，问他人的事”。所以能够活足六十岁者，已经不多；一万人中决无两个活至百岁者。

有人说道：“人何必长寿呢？只要三、四十岁已经够了。”又有人说道：“年高者体弱，应该少动作，节饮节食——无法享受。人生在享受；与其年高而少享受，不如早死而多享受。”

倘然阅众中有这种主张者，有存心早死者，那么本篇对于他们完全无用，不必再看。否则请望下一瞥：

一般人的所以短寿，不是因为工作繁忙，倒是因为烦闷不安。因公事烦闷者，世间极少；因闲事烦闷者，到处都有。某家的“老头子”——翁——将儿媳一把头发抓住了，想要打嘴巴，打耳光。儿媳大喊“救命”，近邻闯进来做劝客。适在此时，你路过他们的门，你也闯进去，你狠霸霸地把那个老头子抓住了，打他两记耳光，又踢了一脚。近邻中也有一个狠霸霸的人，也把你抓住了，乱打乱踢，并且问你：“为什么打人？”你答道：“我打抱不平。”众邻齐声道：“我们不认识你，不要你打抱不平。”你同他们争论，他们送你入警局。……他们同你打官司——打了一年多，还没有解决。但是他们翁媳的事，早已解决了。

像你这样无事寻烦恼的人，你想会长寿么？——不是真的你，对不起呀！我们做人，总宜平心静气；倘然喜欢打抱不平，只好用言语劝解，不可动手动脚。诗曰：

心性和平者，
长生可预期。
斗争成习者，
死亡无定时。

原载一九四四年十二月十三日《新中国报》

为学与治生

潜心研究科学或文学者，不一定深明衣食住行之困难；博于学者，不一定精于营生之法。这一类只知为学，不知治生者，世人常常以“书呆子”或“活书橱”之名讥刺他们。

专门读书，不顾生活，就是不重实际。专顾生活，全不读书，未免太重实际。太重实际者，即生意人。不重实际者，即学问家。学问家往往轻视生意人，生意人亦往往嘲笑学问家。两者皆误。最好，学问家明白些三三见九，生意人知道些之乎者也。学问家当然要营生，生意人岂可无学问？许鲁斋说得好：“为学以治生为本。”我加一句道：“治生以为学为辅。”

“书呆子”，或者“活书橱”，西洋也有。请阅下面的故事：

古时希腊某天文家，慢步前进，仰了头细看天上的众星。他向前慢慢的跑，跑，跑；他不知（不见）地上有一个穴——他跌了下去。他一时爬不出来，大喊道：“救我！救我！”邻近的一个老妇听见了。跑过去将他一把拖起来。她又向他看了两眼，笑嘻嘻地说道：“先生，我认识你的。你是天文家。不过你太注重上面，不注重下面了。哈哈。”

这是为学不知治生的寓言。知识固然是要紧的，但是生活亦何尝不要紧？二十四史，固然应常阅读，但是柴米油盐也不可不知。许多读书人所以受骗，因为不知治生；许多生意人所以失败，因为不知为学。诗曰：

读书与治生，
两事相牵连。
此理不难知，
实行在力研。

原载一九四四年十二月十六日《新中国报》

静　待

静待为躁急之反，百人中难得一、二人能有这种天赋的美质。

或者说道：“大业成于迅速。坐而待，不如起而行。闲荡不做工作，偷懒不做正事，算得美质么？”

工作是要做的，正事是要做的。但是静待不是偷懒，不是闲荡；静待是不躁急，不仓皇。静待是——及时行事。时机未到，任你怎样性急，有何用处？春耕夏耘之后，当然可望秋收。倘然你不肯静候，倘然你采用拔苗助长的方法，倘然你想要春耕春耘而望春收，你一定失败，一定吃不到饭。

时间是要紧的。不到时间，或者缺少时间，不论大事小事，都不能办。西班牙国王查理第五世（生于一五〇〇年，卒于一五五八年）说道：“时间与我，可以抵抗任何敌人。”这就是“待时而动”的意思，也就是胜利成于静待的意思。

不能静待者，即无忍耐性者。不能静待而无忍耐性者，必然无缘无故地大发脾气。我亲友中有这样一个人，他在夜间三四时一觉醒来，忽然想到一件非立时立刻去责备某某公司的事不可。他马上起身，开了电灯，写了一封长信。那时天还未明，他按了好几次电铃，男仆来问何事。他道：“快去送信——快，快！”

过了半天，男仆归来，说道：“某公司还没有开门。今天星期日，恐怕要到下午才开门。”

他道：“混账，忘八蛋！什么星期不星期！赶快再去！等到他们开了门，马上就送进去。”

下午一时后，男仆回来的时候说道：“门开了，信送了。不过他们的经理不在，明日才能有回信。”

他对仆人横了一眼，又骂道：“岂有此理！你滚，滚出去！”

性急有什么用？时候不到，催什么？赶什么？时候不到，一点希望也没有，一点事情也办不成功。某种事情，一定要到某个时间，然后可以完成。歌曰：

事业成败，
时机而已。
何必仓皇？
静心可矣。

原载一九四四年十二月二十一日《新中国报》

希望与失望

人常常希望，亦常常失望。希望多者，失望亦多；希望大者，失望亦大。

天不下雨，已经一月有余。大皆想雨，大皆希望立时立刻打大阵。今天望明天望——望了三日三夜，连一个小雨点都没有下来。大皆大失所望，因为大皆的希望太大之故。在夏季大旱之时，最好先希望有小云，再希望有大云；先希望有微风，再希望有狂风。云来了，风来了，雨当然也来了。同时我们也不会失望。

看见阔人住洋房，坐汽车，穿西装，吃大菜，戴钻戒……，自己发了几十万国难财，也希做阔人，雇了一辆三轮车，要想找洋房。哪里找得到？他这一点点财，连一所单幢的弄堂房子都顶不下来。想要买汽车——四十多万还是破旧的；即使买成功了，又没有车间，又没有汽油。

我劝他不如把他的希望改小些——做一套西装，吃几次大菜，买一只手表，剩下来的钱，倘然他依旧住在阁楼上，他还可以度日，还可以再做生意，还可以安心定神，不觉得苦，只觉得乐。

希望是乐的，失望是苦的。不圆满的希望，等于大失所望。由希望不圆满而变成的大失所望，其苦之大，可想而知。

在人事中，固然有失望。在学问上，也不能避免。倘然你希望在二十年内，读毕十三经，二十四史，诸子百家……；倘然你希望在二十或三十年内，读尽天下名著，你非失望不可。就是你不失望，你更加苦了。为什么呢？因为你不能再求新知识了，因为你绝无新希望了。

所以我们的希望，愈小愈好。小的希望一定可以圆满；大的希望，恐怕难达目的。诗曰：

志望不宜过奢，
恐防难以圆满。
愿得微微一物，
谁能使你肠断？

原载一九四四年十二月二十四日《新中国报》

城中与乡间

城中多大屋，乡间多树木；城中多繁华，乡间多空气……

为什么住在乡间的人，喜欢到城中来？为的是大屋与繁华么？

为什么住在城中的人，不喜欢到乡间去？他们不喜观花草树木与新鲜空气么？

那些问题，我一个都不能作答。不过我知道古代文学家，哲学家那一类的人，都赞成城中，不赞成乡间，例如：英国的庄逊博士（Dr. Johnson）与希腊的苏格拉底（Socrates）。

庄逊就是那位大字典作者，就是那位因作大字典而成大名者。他固然也旅行，但不肯久居乡间。他一生的事实太多了，我暂且不讲。我今天专讲苏格拉底喜居城中的意见，如下：

苏格拉底和费觉世[①]（Phaedrus），同往乡间作半日的游玩。苏氏到了乡间，非独寸步难行，并且一物不知。费要领他到溪旁树荫下去，他说道："好，好，只要有可坐之处。"

费道："那边有微风，那边有青色，那边的篠悬木（树名）高不高？"

苏道："高，高，只要有可坐之处。"

到了树边，苏问费："这枝树是不是篠悬木？此处是不是你要领我来的地点？"

---

① 今译菲德拉斯，希腊哲学家。

费道：“是呀。这就是篠悬木。”

苏道：“有树荫，可以休息。”

费道：“你到了乡间，真像一个生客。你似乎没有出过城门。”

苏道：“我的好友，对的。不过你要原谅我，我喜欢住在城中，不喜欢到乡间来，因为城中人多的缘故。乡间固然有树，但是不能做我的导师，人能做我的导师。”

因此我们知道哲学家和文学家所以住城中者，贪的是人——不是大屋，不是奢华。这是古代的情形，恐怕现在不这样罢。诗曰：

树木虽然雅，
难为人类师。
高明有此见，
小己心生疑。

原载一九四四年十二月二十七日《新中国报》

大想小想

我们无日不思，无时不想。我们几几乎不分昼夜地乱作思想，到底所思所想者是些什么？人类固然是富多思想的动物，不论大智大愚，不论圣贤呆子，总不能脱离思想。但是我们所思所想者，到底是些什么？

我们所思所想者，还是邪事多呢？还是正事多呀？我们所思想者，还是我们的过去呢？还是我们的将来？我们是不是常常想到我们的身世？我们想报复么？我们想发财么？我们想的是大事情呢？还是小事情呀？

这许多问题，我都不能作答。不过我知道一个关于思想的原理，可以敬告阅众。

这个原理，非独简明，并且易行，如下：

对于大事，应该大想；对于小事，不必大想。

我现在再把这个原理，约略说明：

宣战与议和，是国家的大事。执政者碰到这些大事时，当然要仔细研究，仔细考虑。倘不若此，倘执政者在那种紧要关头，还以为那些是小事情，不肯大想心思，他们岂不傻么？岂不呆么？

夫妻口角，是一件小事。闹过之后，事就完了。倘然夫是错的，他应该陪不是——笑笑，叫应一声。倘然妻是错的，她也应该如此。夫妻吵闹，是小事情。俗语说得好："船头上相骂，船梢上叫应。"他们何必大板面孔，日思夜想？——何必想报复？何必想脱离？

小事情不必大想，大事情不可小想。歌曰：

小事小想，
大事大想。
倘能如此，
真会思想。

原载一九四四年十二月三十日《新中国报》

显与微

“显”者，高贵；“微”者，低贱。人莫贪高贵而轻低贱。人莫贪高官厚禄，哪里有喜做下级职员的人？

“高”岂不是较“低”总好些么？站在山巅者，所见的风景总比站在平原者所见的多些。职位高者，所得的利益总比职位低者所得的优些。就是遇到贬降，高职者总不会一跌就倒，低级者一定永无翻身之日。

但是高的地位，非一“爬”即到。“爬”的时候，必定经过许许多多周折。并且爬到之后，还要时时刻刻当心，天天夜夜竞争，否则怎样能够维持？怎样能够保全？在下面者当然也有竞争，但是总不及在上面者的剧烈。在上面者，即职位高者，常常觉得有一种说不出、话不出的不安，那种不安，决非职位低者所有。

古时凯撒（Caesar）大将已经是罗马（Rome）数一数二的人了，职位真的高了。他在远征中经过阿尔泼斯山岭（Alps）某小国的时候，有人对他讲道：“这里是一个小小的蛮邦——土地小，人口少，他们没有什么教化，他们全不知道争取荣誉。”凯撒俨然答道：“我情愿在此地做第一人，不情愿到罗马去做第二人。”

他的意思，就是我们的“情愿在矮子中做长人，不情愿在长人中做矮子。”他是一位不肯屈居人下的人。他那个回答，面子上仍旧不失他好大之心，然亦足以见罗马当日在高位者竞争之烈。他自觉有点苦恼，有点疲倦了，他有点贪安了，否则决不会说出这种话来！诗曰：

职高易贬降，
刻刻要当心。
最好平平过，
不升亦不沉。

原载一九四五年一月四日《新中国报》

报告与事实

口头的报告，是听的，不是看的。真正的事实，是看的，不是听的。外物的抵达我们，外物的传到我们脑筋中来，听与看为最要的媒介，耳与目为最大的门户。

倘然我们不聋不瞎，我们当然耳目并用。聋而不瞎者只可用目，瞎而不聋者只可用耳。世上不聋不瞎者，即能并用耳目者，比较有耳无目者多，比较有目无耳者也多。但是视听两觉均健全者，虽不人人以耳代目，总喜欢多用耳，少用目。他们听到了任何人的闲话，十九信以为真，不再细加考查。

我们做人，当然要信任别人。别人告诉我们的“新闻”，当然有可靠之点，我们何必每件事情都加以精密的考查？不过，我们应该知道，闲话总是闲话，不必字字皆确；欲求真理，我们非亲眼看见不可。

讲闲话者，即作口头报告者，教育不同，性情不一；事实经过了二三人或五六人的传述，还可靠么？戴蓝眼镜的人，所见的一切都是蓝的，他口述的时候，红色真理也蓝化了。慢吞慢吐的人，所见一切皆迟钝者，他口中的飞机，岂不等于古代的帆船么？所以我们虽然不可不听别人的话，但是不宜立刻信以为真。讲话的人，并非存心欺骗，他们无法改变他们的天性呀！

所以戴白眼镜的甲姓，在我们面前称赞乙姓的时候，或者戴黑眼镜的丙姓，在我们面前痛骂丁姓的时候，我们不必喜，也不必怒——我们都不必相信。我们不必说他对，也不必说他不对。我们只可嘻嘻的笑，静静的听。倘然我们真的要明白乙姓丁姓的好歹，我们当然要亲自调查，当然要仔细研究乙丁的品行——乙丁二人的日常生活。诗曰：

“报告”不全伪，
然而不尽真。
赞誉或责骂，
闻者须留神。

（原载一九四五年一月六日《新中国报》）

内视与外望

“内视”是观察自己，“外望”是观察别人。我们总喜欢少看自己，多看别人。我们不见自己的劣点，不知改善。我们妒忌别人的贤德，不肯效慕。我们不能比于善而作自进之阶，比于恶而作自退之原。我们不能遵守孔子的教训：“见贤思齐焉，见不贤而内自省也。”（《论语》卷四，《里仁篇》）

孔子教人，兼重内外两方，兼重内视（自省）与外望（见贤）。希腊古人，专重内视，他们最大最要的格言是“认识自己”（Know thyself）。粗粗看去，似乎较孔子的双方面容易些，其实不然。单方无比较，不易实行。双方有标准，能得实益。我现在将希腊人单方哲理的大意，约略写出如下：

希腊德鲁发（Delphi，都邑）的神明，叫做亚普禄[①]（Apollo）（日神）。他给民众的命令道：“观察自己，认识自己，握住自己。你的心志，远在他方，叫唤它们回来。你的心志正向外流，散布在四方，从速凝集，从速拒抗。你被骗了，你被劫了。你的内外，全是虚骄。外展愈甚，虚骄亦愈甚。外展不甚，则虚骄减轻。人呀！速救自己！凡人当先明自己——自己的需要，自己的欲望，自己的工作——然后知何者应该限制。你意欲囊括四海，但你实为弱而乏力者。你是一个学者，但无知识；你是一个长官，但无权力。总之，

① 今译阿波罗，希腊神话中的太阳神。

你是喜剧中的一个小丑。”

希腊这种神命，希腊这种哲理，岂不使人灰心么？我们——人 ——怎样能够单独研究自己？我们总要有个比较，有个标准。依这一点言，我们的孔子，当然超越希腊的日神了。

孔门的曾子，似乎偏重内视，实在兼重外望。曾子说道：“吾日三省吾身：为人谋而不忠乎？与朋友交而不信乎？传不习乎？”他省察自己（内视）的时候，将（一）对人，（二）朋友，（三）师长（外望）为标准，就是内外兼重的意思。诗曰：

看他人作为，
做自己标准。
此事固方便，
然而亦惊敏。

原载一九四五年一月十一日《新中国报》

适可而止

凡事固然可以苦干蛮干——干到底，什么也不怕。但是所谓“苦干蛮干”者，是“努力”之意，而非“痴狂”之意。复次，“到底”是“适可而止”之意——不是到了底，还要“打底，穿底”之意。

患伤寒者的体温，一定极高，非至五个星期不下降。病人理应吃药打针——保护心脏，保护肺部，保护膀胱。每天应吃多少药，应打几次针，医家皆有成法。倘然病人性急，想要一星期内退热，两星期后起床，而加倍吃药，再加倍打针，那末他的性命危险了。为什么呢？因为他不能实行“适可而止”，因为他想“打底，穿底”的缘故。

上面根据医理的譬喻，不甚明显。让我来讲两件最容易知道的，最容易试验的事情：

（一）桔含甜汁，你用器具榨取的时候，用力不可过猛，并且取到相当分量之后，立即停止。倘然你贪多，想要挤尽桔中之汁，那末其味必苦。

（二）雌牛多乳，每日所产者足够数人之食。但榨取之时，也应适可而止。倘然你榨而又榨，榨之不已，那末你所得的，不是牛乳而是牛血了。

古人云：乐极生悲。据此可知吾人对于办事，对于享受，对于一切，都应该有个限制——适可而止。诗曰：

“过犹不及”，
“适可而止”。
公私各事，
都应如此。

原载一九四五年一月十四日《新中国报》

调　笑

调笑是严肃的对面（反面。调笑两字，苏松太杭嘉湖一带的居民，往往读成“逃仙”之音），人生行乐耳，我们当然不必终日终年地板面孔（严肃），但是我们也不可随时随处地讲笑话。

板面孔有板面孔的时候和地方；讲笑话有讲笑话的时候和地方。在办事时，在办事处，我们不应讲笑话；在饭馆里，在筵席间，我们何必板面孔？不应该讲笑话而讲笑话，是自失身份；不应该板面孔而板面孔，是装腔作势。我所谓讲笑话，并非油腔滑调的意思，而是小“吃豆腐”的意思。

二十余年前，我曾经碰到过一位最不知调笑，最不会吃豆腐的同事。当时我在某某高校当教授，那位同事是教务处的高级职员。学期考试终了之后，我亲自将全班（级）十六人的考卷，连同分数单，送去交给他。第二天午刻，我正想回申的时候，忽然接得他的电话，说道：“你交来考卷，只十四本，并且分数单上学生的姓名也不全。请你补抄分数单，漏送的考卷也请同时交下。”

我东找西找，居然寻到了分数单的副本。但是哪里有漏送的考卷呢？我昏了么？在职业上犯这样的一个大过误！

我马上拿了分数单的副本，赶到教务处去。见了他，我开口就说道：“怎样办？我那边没有漏送的考卷呀！”他哈哈大笑道：“我同你开玩笑。考卷同分数单均安然存在。你何必发急！”我恨极了，对他说道：“你开玩笑，是么？你不要怪我板面孔。”

我立刻进校长室，将此事的前前后后详说一遍。结果如何，阅众可以推想而知，不必由我细述。

我自己也喜开玩笑，和人调笑，但是总有限制。我不常常调笑。我严肃的时间，比调笑的时间多。我严肃的时间，比调笑的时间，约多四百九十九倍；并且这千分之二的调笑时间，一定在相当之地点。诗曰：

谎言与调笑，
岂是日常事？
两者皆才智，
然而何必试？

原载一九四五年一月二十三日《新中国报》

早　起

从前上海的大家，老爷非九时后不肯起身，太太则非十时后不肯起身，甚有睡至十二时或三时以后者。从前的九时，就是现在的十时；从前的十二时，三时，就是现在的一时，四时。他们起身这样的迟，因为他们上床太迟。他们抽鸦片，他们赌铜钱，……都是电灯光下所做的事。现在的情形，好得多了，已经大大的改善了。现在我晨间七时出门，已经看见男男女女，人山人海在各个电车站排班，摆长蛇阵，摆盘香阵地轧电车了。

此种改善，大都由节约电力，限制电力而来——颇有益身体的健康。英人有一谚语道："早出来的鸟，可以捉得虫。"他们还有一首孩曲道："早上床，早起身，非独可以健身，并且可以得财宝，得智慧。"

英人那种谚语和孩曲，都得自欧北——不是英国自造的。欧北人劝人早起，语最恳切。我在无意中，见到短歌三首，翻译如下：

第一首

（甲）直　译

欲食他人之血者，

务必早起；
欲夺他人之货者，
亦必早起。

闲荡之狼，
得不到肉；
贪眠之人，
定无成就。

（乙）意　译

世人成功者，
皆为努力人。
黎明即起身，
到处是金银。

第二首

（甲）直　译

佣工少者，必自己早起，自己勤作。
迟起者，不能办每日应办之事。
早起者，无不事半功倍。

（乙）意　译

自己要勤奋，
佣工皆懈怠。
黎明即起身，
事半而功倍。

第三首

（甲）直　译

我赴会常较人早，
他人到会有极迟者。
旧酒已尽，新酒未成，
后来者一无所得。

（乙）意　译

迟迟去赴宴，
样样失权利。

原载一九四五年一月二十五日《新中国报》

从　众

做人之道，莫要于——从众。

“从众”就是“服从大多数”。大多数不一定可靠，不一定有才识，不一定有鉴别力，不一定有审美眼。但是你倘然不服从他们，你的才识，你的鉴别力，你的审美眼，立时立刻化为乌有。

今设一个譬喻，言一件小事：

六个好友——你是其中之一——同时出门散步。五个人要向西跑；一个人——就是你——要向东跑。他们问你：“为什么向东，不肯向西？”你道：“东面有公园，空气很好，可以久坐共谈。”他们道：“我们向西，可以到舞场中去坐坐，有咖啡可吃，有美女可看。公园中冷得很，有树无叶，花早谢了，草已黄了，何必去呢？”他们硬硬的拖了你向西跑，你硬硬的不肯向西跑。后来，他们劝你不醒，只得任你一人向西跑，到你的公园中去。他们五位分道扬镳之后，你觉得很自在，然而你孤独了。

孤独的人，一定是不从众的人。当此人人理应合作的时代，吾人所最怕惧者，莫如孤独。当然，我们不必天天跟着朋友去上跳舞场，或者做嫖赌等不道德的事。上面的“向西”譬喻，并非一个例子。

不独娱乐，就是学问，也要从众。你的众友，都赞成甲骨文，反对许氏书。你精于秦篆，深知甲骨文之无足信赖，但大众既有此偏嗜，你亦何强词夺理地一定要别人以许氏《说文》为研究小学之基本呢？碰到大众所好的事，适为我所不好者——不论金石书画，不论古器古籍——你最好冷淡，不发表意见。倘然你的意见是合理的，他们怨恨你。倘然你的意见是错误的，他们讥笑你。诗曰：

弃众众人弃，
合群群自附。
声名难虚得，
孤独岂无故？

原载一九四五年一月二十八日《新中国报》

吹牛与傲慢

吹牛与傲慢，是人类所最易犯的两种毛病。前者是闹的，后者是静的。前者出自口中，后者藏于心内。

何谓吹牛？

这就是大言不惭。没有的事，讲得像真的一样。洗衣人的儿子，读了几年书，中学勉强毕业，因事到外省去，自称日本留学生，称他的父亲为卫生局长。他的皮面果然老，言语果然巧，但旁听的人，总有识货者，总有知道他吹牛者。

何谓傲慢？

这就是瞧不起人。自己浅学，倒以为别人都不及他。刚巧考入了某某里弄大学，已经目中无人，心中无人了。同学皆劣才，老师皆无才——皆在己下。古书无价值，新书无发明——皆不必读。但他这种思潮，都存在心里，不用言语表露。

闹与静是吹牛与傲慢的最大分别。犯闹病者，即犯吹牛之病者，容易治疗；犯静病者，即犯傲慢之病者，不易治疗。我今先言治闹病之法：

闹病应用闹药治。救治犯吹牛病者，即好大言者，我们应当开口，不可不声不响。我们应当吹得更大，我们应当发较大之言。譬如有人吹道："敝处大寺中，千手观音殿上有一大鼓，径二十丈，声闻百里。"我们就可以答道："我们家乡有一大牛，头在江南，尾在江北，重三十万斤。"倘然旁听者不信，大笑而说道："哈，哈！

世上哪里有这样大牛！吹，吹！”那末我们可以带笑而说道：“不吹，真的。你想：倘然没有我们那只大牛，怎能够鞔他们的大鼓？”这样一来，原吹者一定脸红面赤，或者因此他后来就不再发闹病，也未可知。

我继言治静病之法：

静病不易医治。别人心里瞧你不起，你怎样能够叫他瞧得起你呢？

也有办法，也有办法。对于静人，我们应该闹，应该大闹。倘然静人是文学家，我们可以大谈东亚与西洋的作家，古代与现代的作家，——谈他们的句法，谈他们的轶事。他看见你这样博学，他自己及不到你，——他当然不敢轻视你，并且他自大之心或即因此渐渐消灭。

人之所以傲慢，都因估计自己太大的缘故。他不明白自己的劣才，所以目空一切。今天有人提醒他，他当然要自抑了。诗曰：

闹能治闹，
亦可医静。
人间万事，
彼此响影。

原载一九四五年一月三十一日《新中国报》

喧　噪

喧噪与读书或作文，有关系么？换句话说，我们在阅读或者写作的时候，喜欢近处有声音的呢？还是喜欢近处没有声音？

大多数文人（包括阅读者与写作者），总贪寂静而避喧噪。他们因为屋少人多，往往大开夜车，就是这个道理。但是曾国藩在他的家书中，似乎说过："凡有志学问者，虽在闹市中，亦能读书习字（此非原文，我家中有他的书，但在匆忙中竟找不到）。"曾氏那些话，并不虚伪，并非有意欺人，他自己是不怕喧噪的。他在兵营中，能够作小楷，能够做诗文，能够写极详细的日记。诗曰：

静寂或喧噪，
不关文学人。
"你们只管闹，
我更加留神。"

这种不怕喧噪的文人，世上甚多。让我来讲两个小故事罢，如下：

（一）多年多年之前，法国有一位富而好学者。他的房屋极大，他的仆人也多。他很用功，然而他不设特别书室，他喜欢坐在大厅中的一角，或者阅读或者写作或者默想。

他的一角，用帘子与外面相隔。他在帘内用功的时候，准许任何男女仆人在帘外闲谈；就是他们骂人打架，他也不管。有人问他道：“你做这种细工夫的时候，为什么不叫他们跑开些？你不觉得闹么？”他答道：“我要他们这样。我特意要他造成这样一个修罗场。他们愈闹，我的心愈静。他们不闹，我的心外行。他们的闹声，似乎可以把我的心赶入心内。我要作一个新计划的时候，非待他们大闹不可。”

（二）苏格拉底（古代希腊哲学大家）的某姓门生问他道：“先生，师母这样噪闹，全日全夜地这样骂人，你怎样能够忍受？”他答道：“我听不见师母骂人的声音。我听得见的，是风声，树声，或流水之声。”

原载一九四五年二月三日《新中国报》

身内身外

人的身内之物，只有——意见。其他的，不论田地产业，不论金银财宝，都是身外之物。

什么叫做意见？

自私自利是意见，自以为是也是意见。傲慢，假定，……甚至于最高尚的所谓哲理，都是意见。

某甲极贫，他忽然大发其“财”——现在富了。某乙极贱，他忽然获得官职——现在贵了。他们觉得很舒适，很安乐。甲对我说道：“我一无所求了，我心安了。”乙对我说道：“我取得地位了，我心安了。”他们的“心安”，就是意见——身内之物。他们的富贵是他们的身外之物。富贵是什么？是他们的么？

身内身外之分，身内身外之理，非独今人不能明白，就是古人也要混合。诸君一定知道古时罗马的那位演说家，兼政治家，兼文学家许西禄[①]（Cicero，生于公元前一〇六年，卒于四三年）氏。他的“鼠牛比”，比上文甲乙两人的好得多，然而也把身内身外混合了。许氏的话，直译如下：

世界上没有比研究文字更美妙的事。我所以称为美妙的缘故，因文字能够把事物之始终，天地的高深，海陆的洪大，统统现露

① 今译西塞罗，罗马政治家、演说家及作家。

出来。它们教我们信仰，教我们节约，教我们大量；它们教我们脱离黑暗而入光明。它们拿天地间巨细各物，摆在我们目前。有了文字，我们才知道生活的方法，才能够安安逸逸地，快快活活地度日——不忧闷，不受苦。

许氏的文学，果然很好，但他的生平何尝不吃苦？何尝不忧闷？乡间有一字不识的妇女，快活一生，实较许氏为安逸。可见文字（身外之物）与安逸（身内之物），实在没有关系。诗曰：

功名与钞票，
皆不属之身。
倘欲求安乐，
心平且助人。

原载一九四五年二月六日《新中国报》

五官以外

五官以外，还有第六官么?

大家以为声色嗅味触，我们已经够用了，此外不必另有特种感觉。就是想要有，也恐怕不能。因为上天只以五官赋人，我们哪里可以有第六官呢?

“官”作“器”讲。耳目鼻舌四肢之外，我们要另觅一官，似乎不能。但在实际上，我们已经取得第六种感觉，就是驾驶汽车或者驾驶飞机的感觉。那种感觉，固然没有特定的器官，但是决非耳目口舌四肢任何一官所司的事。耳目聪明的人，手足灵敏的人，能辨香味的人，不一定能驾汽车，不一定能驾飞机。能驾汽车飞机者，非富于那一种特别的感觉不可。那一种特别感觉，我们可以称它为第六种感觉。

并且，第六种感觉之外，还有第七种感觉，第八种感觉……例如，道德的感觉，荣誉的感觉，空间的感觉，时间的感觉，安全的感觉，羞耻的感觉，义务的感觉，幽默的感觉……。这几种感觉，也没有“场所”，没有器官。

我以为没有器官的感觉，较有器官的感觉，多而有用。同时我知道大家一定不相信我的话——不相信自己有第六官，第七官，第八官，第九官……，且看下面：

盲子是缺乏视官的人，他只有四官，没有五官。任你怎样讲，他们总不明白火光与颜色的功用，总不能够取得光的感觉及色的感觉。从前某富家有一个老头子，他自幼即双目失明，全然不觉得不能观看的苦，全然不觉得自己身体上的欠缺。别人对于小孩子讲的话，他听惯了，学会了。一天，邻家少妇抱了一个孩子到他家里来，对他说道："老太爷，这是我新生的儿子。"他说道："好！好！送过来让我抱一抱。"少妇将男孩送给他，他抱了孩子，东一摸西一抚地说道："乖孩子，你真美呀！你们看，他的面貌真滑稽呀！他真肥大，真玲珑！你们看，他的目光多少好！"

他哪里看得见？但是他所讲的话，似乎是一个双目健全的人。他没有视官，然而他不觉得没有视官。他没有视官，然而他有视觉。我们没有六官，七官，八官，然而我们何尝不可有六觉，七觉，八觉呢？诗曰：

味触嗅听视，
是名为五官。
倘然能驾驶，
感觉开新端。

原载一九四五年二月八日《新中国报》

畏　缩

年轻的人，不论男女，无有不畏缩者。等到年老，畏缩自去。年轻的人，是三十以内的人；年老的人，是四十二岁以上的人。

畏缩，亦称“面嫩”，其实是“手足无所措”。

面嫩，或者手足无所措，似乎是专属生理的，然而不然，与心理亦大有关系。

陌陌生生地跑进富贵之家，虽有至亲好友的介绍，然而见了主人，总觉得开不出口，总觉得没有放脚的地方，没有放手的地方。茶来了，不敢吃；烟来了，不敢接。主人问我：“今年几岁？”我答的是“今天才到”。主人一声不响，我倒反而问长问短，同他谈起天来了。我第一句话就说错了，几几乎使主人口中的茶全喷出来。我问道：“我刚巧在大门口遇见的那位老者——颈间生一个大瘤的——是不是尊府的门房？”

类此的错话，皆因心的畏缩病而起。平常时，成年人的口中，哪里发得出这种话来？

身的畏缩病，也很稀奇。平时极沉着的人，神经没有受损的人，在拜客时，左脚踏伤主人的爱猫，右脚踢翻主人的痰盂；接茶杯时，茶倒了满地，杯又掼碎了；坐下去的时候，椅子轧轧作响，似乎有脱底的样式。

这两种畏缩病，心的与身的，都易医治。对付身的畏缩，用“缓和法”。慢进，慢退，少问，少看——仔细实行这四项，当然不会掼茶杯，踢猫狗，讲错话，闹出种种笑话来。对付心的畏缩，可采用“冷淡法”——比较困难，非绝对不能。

冷淡法是这样的：不论主人的相如何尊严，不论主人的家如何宏大，我只当不见——我心中以常人待他，以常屋待他的家。他问我一句长话，我以简语作答。他指定一幅古画，说道：“这是唐寅的墨迹，好得很，少得很！你看呀！”你轻轻的答道：“是，是。”他又改口道：“我说错了，这是沈周的名作。”你又轻轻地道：“是，是。”你全不露才，全不卖才，主人决不以你为畏缩，他一定赞你是谦恭。

畏缩病不是恶病——是每个少年人应当有的病。倘然一个十六七岁的小伙子，大股阔步地跑入绅士家的大洋房。在客厅上，他看见大沙发上有一位中年美妇，他就点点头，高声道：“某太太，坐，坐，不要起立。”

他不认识那位太太，那位太太不一定见了他就站起来。小伙子的话，岂不奇怪么？小伙子变成那位太太的老长辈了。小伙子固然不畏缩，但是极不合宜。诗曰：

世间年轻人，
阳性亦面嫩。
欲除此疾者，
行缓而言逊。

原载一九四五年二月十日《新中国报》

贪　酒

贪酒者在发“瘾”的时候，毒也要饮，醋也要饮——死亡疾病都不怕。《聊斋志异》中的秦生（见卷十三）及同则附录中的邱行素，岂不是这样么？他们一个饮毒，一个吃醋，真是实行“快饮而死，胜于馋渴而死”主义。

西洋有狂饮成病，延医戒酒者。医师道：“府上不便，请你明晨到我的院中来。我那边有一间很合宜的房间。”第二天，那位病家果然得到一间幽静房间，并且清洁万分。其中除了床铺之外，有各种古玩及精本书籍。另外还有一个玻璃瓶，中间有几条用火酒[1]浸死的大蛇。

那位病家初到房中的时候，抽抽卷烟，翻翻书报，现露很安逸的状态。到了将近中午，他坐了又睡，睡了又坐，东张张，西望望，有点忧闷起来了。他忽然奔到那个玻璃瓶所在之处，把它的盖子除去，双手捧了瓶，就此大饮火酒——不顾瓶中的蛇毒与不毒。

正在此时，医师走进房来，向他笑笑，并且说道：“你可以回府了。你不能戒酒，我已经得到证明了。你还是回去罢。那个瓶我特意摆在此地试你的。蛇并不毒，但是你何尝怕毒呢？午餐马上来了，吃过之后，请你回府。”

① 系吴语，指酒精。

《聊斋》中的故事及西洋人的故事，都是形容好酒成瘾的人，当然有些夸张。酒可以饮，但是不要狂饮，不要成瘾。宋人的《酒戒》道：

少吃不济事，
多吃济盛事？
有事坏了事，
无事生出事。

然而我们在怎样情形之下，可以饮酒呀？

陈畿亭说得最好，让我把他的话引出来罢，如下：

名花忽开，小饮。好友叙谈，小饮。凌寒出门，小饮。冲暑远驰，不可遽食，小饮。珍酿不可多得，小饮。

原载一九四五年二月二十一日《新中国报》

善始善终

善始非善终不可，能善始而不能善终者，必遭失败。

譬如玩球：甲方两人，若打乒乓（球戏）。在最初的时候，甲方发球很猛，接球亦佳；乙方手脚慌乱，似乎有些吃不住。数分钟后，甲疲倦了，既不能发球，又不能接球；乙大显本领，连赢好几个，胜了一局。甲能善始，不能善终，所以失败。乙不善始，然能善终，所以胜利。

照这样讲，与其只求善始而不能善终，不如只顾善终而不求善始。

除了玩球之外，世上许许多多大事小事，是重结果而不重方法（手段）的，是注重终点而不注重开始的。画家绘马，总先绘头，再绘身绘足，最末绘尾。但是古时有个著名美术家，他不这样：他先绘尾！外行人看他画马，无不大笑。但是他的作品，人人欢迎，个个道好。可见我们的成功，全在结局，不在开手。西洋人那句古话“善始之事，功已半成”（Well begun is half done），实在靠不住，实在不可信。成功的人，虽然手段不妥，别人无不赞美。失败的人，即使方法全是，谁肯诚心佩服？诗曰：

人生多少事，
全在乎归结。
何必问方法？
但求无失缺。

原载一九四五年二月二十四日《新中国报》

朋　友

除了父母弟兄之外，最能帮助我们的人，是——朋友。古语道得好："在家靠父母，出外靠朋友。"

我二十几岁在苏州做教师的时候，有一位老先生对我说道："朋友，朋友最要紧。已经轧到的朋友，不可放弃。没有轧到的朋友，要仔细轧。放弃一个朋友，等于造成一个仇人。……朋友的脾气，个个不同，有暴性的，有和平的，有热闹的，有冷淡的……。我们宜乎见人以人待之，见 × 以 × 待之，好的同他亲爱，坏的也要敷衍。无论如何，我们应该多轧朋友。"

他同我讲那些话的时候，我年岁尚轻，全然不明他的深意。我把他的话，当做老生常谈（寿星唱曲）；我不知道他是暗暗地教导我。当时的我，最喜争辩，最喜口角；一言不合，就想动手动脚。我常常这样骂人打人，谁来同我亲近？如此者数年，我一个朋友都没有了。

后来，我知道要别人帮助我，非我先帮助别人不可；要别人对我有好意，非我先对别人有好意不可。

再后来，我知道轧朋友的唯一方法是：（一）要封他们的口，（二）要得他们的心。什么叫做封口？这就是使他们不在背面说你坏话。什么叫做得心？这就是他们真心佩服你，感激你。倘然认识你的人，都是如此，你的朋友还不多么？肯帮你忙的人，还不多么？

朋友一定扶持你，仇人一定推倒你。朋友多了，你的生命一定平安，你的名誉一定优良。仇人多了，你的生命一定危险，你的名誉一定破坏。西人云："朋友为第二生命。"——诚哉是言！诗曰：

仇人不可有，
朋友宜乎多。
事事要心平，
时时不酷苛。

原载一九四五年二月二十七日《新中国报》

拍　马

“拍马”是俗话，在文言则为“谄媚”或“阿谀”。据云，“万世不穿的，只有拍马。”这就是说，不论长幼，不论贫富，人总喜欢听好话，喜欢别人拍他的马。旧时有名师丁姓者，学博而性情爽直，生平最恨过誉之词。一日，他的张姓大弟子来谒。见面后，张大弟子就说道：“老师，你的名誉，真的一天一天的大起来了。远省的人，也知道老师的品行高，学问博。……”丁老夫子不待他说完，即阻止他道：“好了，好了！你的老调又来了！我的脾气你不知道么？我不喜听赞我的话。我已经对你讲过好几次了。”

张姓去后，程大弟子继来谒见。是时，丁老夫子余怒未息，高声对程弟子说道：“你的同学——那个姓张的东西——他刚巧又来过了——现在去了。真可恶！他一见我，就称赞我。难听么？我最不喜欢拍马。”程生答道：“老师，是，是。像老师这样明白的人，世人还有么？老师，请息怒——请原谅他。”丁老师哈哈大笑道：“你年纪虽小，倒是我的知己。请坐，随便请坐。”

丁老师虽然不赞成张姓的马屁，但是程姓的马屁，他不知不觉地实受了。世事往往如此！然而拍马屁亦有拍穿之时，请阅下面的西洋故事：

希腊国王亚力山大（生于公元前三五六年，卒于三二三年）的朝臣称他是木星之子——不是凡人而是神明。某次远征时他受伤流血，问朝臣道：“你们称我神明，为什么我流的血，与普通士兵一样的呢？据诗人荷马说，神明的血浓厚不流。我的血不像他所描写的。我是神明么？”

这一问，马屁穿了。诗曰：

拍马屁，
在乎气。
拍不足，
不够味。

拍过火，
别浪费。
拍马屁，
气为贵。

最末，马屁不一定是言语，有时则为行为。国王不爱其后，则群臣中之爱妻者，亦必常常假责其妻。国王短于目光，则群臣于上朝之时，无不与人互冲。国王忽患痛风（gout），则群臣之左右两足，无均齐者。亚力山大的头，歪而不正，而在朝诸臣，几乎个个歪头。野史中言此种以行为拍马之事很多，他日有暇，当再详述。

原载一九四五年三月一日《新中国报》

观察与判断

观察就是注视，判断就是决定，这两者并合起来，就是——见识。

人人都有眼睛，都喜欢观察，但不一定能够透视事物。人人都有脑筋，都喜欢判断，但不一定能够决定是非。为什么呢？因为见得不明，决然不能断得公平；就是见得明白，还要谨防错觉谬想。照这样讲，世界上真有见识的人，虽非绝对无有，但恐怕不甚多罢。

有见识者与无见识者，有极大的分别：前者能够统治事物，后者则为事物所统治。曾国藩道德这样高，文章这样好，总算得一个近代成功的人，有见识的人了。让我来讲他的一件轶事，讲他看人评人的方法：

接见生客——在生客没有走进厅堂以前，他远远地望，看来者的相貌，看来者的步态。等到行礼坐定之后，他改看为听，听来者的语音，听来者语法。同时他双目闪了又闪，很迅速地已经断定了那个人的品行与道德。当时之人，皆称曾国藩懂人相学。我不知道他懂不懂，我不是他的同时人。不过我推想他是一位真有见识者——善于观察，精于判断者。他决不是一个普通的人相学者。

普通人相学者，要问长问短，或者东抚西摸。曾国藩——曾文正公——不必这样，他一见外表，即知内心。他有慧眼，他能推理。他只需少许暗示，就能握住一切。诗曰：

曾公精鉴别，
一眼见真性。
决断不迟钝，
目光似快镜。

原载一九四五年三月六日《新中国报》

自然与艺术

我们有句谚语，叫做“人要衣装，佛要金装”。人与佛是原质，衣与金是工作。原质就是自然，工作就是艺术。

照这样讲，艺术超越自然么？工作胜过原质么？衣与金，比较人与佛更贵重么？

我的回答，是一半肯定，一半否定。肯定的——有佛无金，其相可怜。否定的——有金无佛，如何装饰？人之与衣也是如此。原质不皆圆满，有非加以人工作不可者。郊外所生的野草闲花（自然），当然不及厅中所植的蔷薇牡丹（艺术）。

野的（自生自灭）花草的树木，与“家”的（有人培植的）花草树木——两者相较，其孰优孰劣，不难辨别。因此，可知野的一定逊于家的。自然之物，加以人工之美，那末完备了。

非独树木应加人工，就是孩童，也需人工。树木的人工是园艺，孩童的人工是教育。乡间一个很伶俐的男孩，面貌大方，言语清楚——从各方面看起来，将来可得博士，或者可成大将。但他的父母，决不可任他天天在荒草白地上闲荡。他们应当送他到相当的学校里去，受相当的教育。然后他将来可成就国家有用之人才。没有教育（人工），只有天才（自然），他至多成为一个乡间之杰。

请阅下面的四字歌：

不论人物，

原多缺失。
倘欲完全，
宜求美术。

原载一九四五年三月十五日《新中国报》

质与量

“质”的意思是“精”，“量”的意思是“多”。这是本篇的题旨。

你是尚质的呢？还是尚量的呀？你还是喜欢多的呢？还是喜欢精的呀？譬如你是一个读书人，你还是喜欢“博览群书”呢？还是喜欢专攻一书呀？换句话来说——不，换一个问题——你还是喜欢尽读十三经，廿四史，诸子百家呢？还是喜欢专攻《论》《孟》，或《史》《汉》，或者《老》《庄》呀？

博览群书，当然多量；专攻一书，定然集中（精）。我以为读书应该集中心思，研究一种与自己性情相近的学问。贪食者，不能消化，造成胃病；贪读者，博而不精，决无心得。

非独读书，就是写作，也应该尚质而不尚量。我在前年，曾经读过一篇五千字以上日报的社论。题目很好，很能吸引。内容呢？我读了好几遍，读了又读，全然不知道作者所欲表达的是什么。我又在旧书中，读过一篇九十八个字的《史八夫人传》。不论何人，在读过这篇短文之后，一定知道史八夫人是一个贤妻，是一个孝妇。原文如下：

上元烈妇史可模妻李氏，阅部可法弟妇也。可模为顺天庠生，娶李三载，以病卒。氏守节，事姑孝。侍太夫人，随可法来金陵。国变后，有显官欲娶之，以危言胁其必从。氏闻之，取利刃割耳截鼻。家人排户入，已死地下，夜半始苏。后姑病，割股以疗。年七十二卒。

上文作者，是古文名家桐城姚姬传（鼐）。倘然贪多的话，他岂不是可以做成一部卅二折的传奇（曲本），或者三百页以上的爱情小说么？成本的传奇，成本的小说，哪里及得到这九十八个字？诗曰：

物以稀为贵，
愈多愈普通。
文章或科学，
最要在精工。

原载一九四五年三月二十日《新中国报》

礼仪与粗暴

礼仪是有礼貌，粗暴是无礼貌。两者相较，有礼貌当然胜过无礼貌。有礼貌等于文雅，粗暴是文雅之反。不论何人，总赞成文雅，反对粗暴。

礼仪——文雅——为教化的重要原质。人而粗暴无礼，人而不能文雅——这个人，或这班人，还不野蛮么？还有教化么？试问：阅众中有喜欢与野蛮无教化者交游（轧朋友）的么？

礼仪（不野蛮，有教化）是一种“魔力”，深能感动人心。凡有礼仪者，无不受人欢迎。粗暴（无礼仪，无教化）也是一种魔力，也能感动人心。凡粗暴者，无不遭人抵抗。试举一最显明之例：

街道上甲乙两行人，在无意中互相一碰。甲是文雅者，马上立停道歉，连说两个“对不起，对不起。”乙是粗暴者，听到了甲的谢罪语，无法发脾气，只得笑嘻嘻地答道：“不客气，不客气。”倘然甲是一个粗暴者，在互碰之后，对乙横眼（怒目而视），同时说道：“你的眼睛带出来没有？为什么碰我？你看不见我么？瞎子！”那么，乙虽然是一个文雅人，也不得不答道：“老兄，请原谅！不过我们是彼此相碰的呀！我并非有意碰你的呀！”倘然乙也是一个粗暴者，他们一定要骂人，或者要相打。何必呢？碰已经碰定了，不道歉，多讲话，相骂相打，有什么用？为人在世，还是不粗暴的好，还是重礼仪的好。

我们当然要重礼仪，我们当然不必粗暴。但是礼仪应有分寸。譬如：对于尊长，我们应该鞠躬；遇见茶役，点一点头就够了。

或者问道：“对于仇人，怎样？”

对于仇人？对于仇人，我们应当更加尽我们的礼。这不表示我们的怕惧，倒是表示我们的大方。歌曰：

与其失礼，
情愿多礼。
野蛮待人，
终不能济。

原载一九四五年三月二十四日《新中国报》

收藏与参观

金石书画，宋元刊本，及其他一切古玩或美术品，有喜好收藏以为己产者，也有不喜购买专事参观者。收藏者当然有不少箱箧；参观者当然要到处奔跑。收藏者出钱，奔跑者出力。

出钱者，大多数为富人。出力者，不一定是富人。两者相较，还是出钱者得益多呢？还是出力者得益多呀？

一般人以为能出钱者，想什么就可以得到什么，要什么就可以得到什么，总比东奔西跑，专门“揩油”者，得益多些。出钱者，即收藏家，或以随时享受他自己所有的宝物。揩油者，即自己不购买者，非得到别人的同意，哪里能够看见珍贵之品？

其实不然。收藏者天天要防失，天天要防坏，恐惧多而享乐少。揩油者全无恐惧，哪一家有古玩，他就设法到哪一家去看；哪一处有精品，他就赶快到哪一处去看；展览会这样多，博物馆这样大……他还怕看不到妙物么？他只有享受而无责任。

揩油者，当然也有不利之点，就是，得不到主人的允许——达不到目的。但是他一无损失。主人不允许他——那是主人的小气，不是他的错误，然而主人的不利，反而大了。有了精品，不肯示人，不肯借人——这样的一个收藏家，一定“十亲断九眷”，到处都是仇人。诗曰：

智者参观，

愚人采集。
半块宋砖，
亲朋郁悒。

原载一九四五年三月二十九日《新中国报》

大事小事

大事就是我们以为重要的事。小事就是我以为细微的事。

倘然我们将大事看得轻些，那么大事马上变成小事。倘然我们将小事看得轻些，那么小事马上变为无事。反之，倘然我们不放松大事，倘然我加意注重小事，那么我们一定不得安宁，时时刻刻在骚动中。吾国古人有句劝戒话道："大事化为小事！小事化为无事！"

一百人中，差不多九十九个都知道古人的话说得一点不错，但是能够实行者恐怕很少——至多不过百分之二、三罢。我们天性好（去声）事，我们天性夸张。我们常常吹牛，常常说谎——将没有的事，讲成有的……我们喜欢加油添酱，力求避免是非。你岂不时常听见别人争辩不休么？他们的争点何在？为的是什么？他们为什么这样面红耳赤呀？

他们为的是一个字——他们这样面红耳赤，这样大大争辩，为的是一个"章"字。他们两人，都不是真正的学者。甲道："那位姓章的，姓立早的朋友……。"乙阻止他道："慢慢，慢，慢慢讲下去！我只知道音十章，不知道立早章。说立早章，不雅，不识字者的话。"甲怒，问道："你以为我不识字么？我进过大学的，你进过么？"乙答道："进过大学与没有进过大学，有何相关？我研究过《说文》，无论如何，我总比你多识一个章字。"

那甲乙两友，因为这个章字，就此翻脸，永远绝交。然而何必呢？依照《说文》，章字固然是“音十”，但依照俗语，哪一个不说“立早”？我们从俗的事，真多哩！上海许许多多漂亮人，常念“偿”为“赏”，念“娱”为“误”，念“庐”为“驴”。四角号码及字典专家王岫庐先生，称自己为“岫驴”——那是我多年前同他通电时，亲自听见的。倘然我像乙一样，同他讲语音学，倘然我也像乙那样将小事弄成大事——我想我家中的电话早已打成碎块。我听见别人说“驴”，我跟他说“驴”；别人同我去“误乐”，我就去“误乐”；别人原谅我，不要我“赔赏”，我乐得不“赔赏”。

对于小事不注重，对于大事放松些——这是怠情哲理，然而却是为人之道。痛苦的事，倘然不让它从肩膀上飞过去，那末它一定会进你的心。诗曰：

倘然天坠下，
定有长人顶。
对于一“章”字，
为何硬挺挺？

原载一九四五年四月三日《新中国报》

摆架子

“摆架子”三字是俗话，作“装腔作势”解。摆架子的目的：（一）在显露自己的职权，（二）在获取他人的尊敬。有此行为者，都是傻子。职位很高者，倘然办事办得不正派，哪里有钦佩的人？办事正派者，倘然一点架子都不摆，他也会有敬服的人。你以为黄包车夫的地位高不高？你以为三轮车夫的地位高不高？为什么有时我们叫他们的时候——为什么我们问他们“哪里，哪里去不去？”的时候，他们或者摇摇头，或者不理睬？他们是不是摆架子？

商店中的小伙计，你以为他们的地位高不高？他们站在柜台旁闲谈闲荡，你进去购货的时候，他们并不招呼你。他们“目中无人”，继续闲谈闲荡。你问甲要什么什么，他向你歪一歪嘴，意思是“指示”你去问乙。你去问乙的时候，他东看一眼西看一眼——过了三四分钟，才慢吞慢吐地，不清不楚地说道：“缺货。”这不是摆架子么？

摆架子无非要现露自己的职权，获取别人的尊敬——我在上文已经说过了。小伙计的，黄包车夫的，三轮车夫的地位高不高，我暂且不管，但是他们想要强得别人的敬视，哪里能够达到目的？敬视不能自己强取的，一定要别人奉送的。

敬视不是由架子而来的，敬视大概由资格而来的。古代的帝王，地位还不高么？他们为什么还要读书作文？为什么还要实行亲民之政？他们所以这样，无非是造成一种使人佩服，使人敬爱的资格罢了。歌曰：

虚空架子，
遭受讥骂。
优良品格，
倒有身价。

原载一九四五年四月七日《新中国报》

适当其时

处世之道，应该不忘这四个字——适当其时。

无论办什么事情，无论允许别人，或者拒绝别人，都应该适当其时。延宕推托，是不中用的，是没有好结果的。我们那句俗语“敬酒不吃，吃罚酒”，倒是一个警告。

欠人一笔款子，过期不还。今天来讨，避不见面，明天来讨，依然如此。债主写信来，不作答复；律师写信来，亦不理睬。欠款到期，理应本利清偿，或者商得债主的同意，付息转期。避不见面，不作答复，都是存心赖债。债可以赖么？债赖得掉么？

那个债主，因为得不到债户的信息，因为得不到债户的欠款，只好请律师告入法院。债户初传不到，再传又不到，第三次当然是拘票，在庭上被审时，债户承认款子是他借的，借据是他写的。那末，除了本利清偿外，还有什么话可讲？延宕推托，有什么用？不理不睬，有什么用？欠款全付，大失面子——这不是“敬酒不吃，吃罚酒”么？

然而世上有这种颠倒的人，今日尚然不少。应该向左的时候，他们向右；应该捧人的时候，他们骂人；应该捉头的时候，他们捉脚；应该立刻赶办的事情，他们到了明天还不肯做。他们不知道“适当其时”的要理，所以他们有失无得。——不，不，他们固然有失，但是也有所得；他们失的是荣，得的是辱！诗曰：

有才有识者，
做事不颠倒。
推托或延宕，
徒劳并自暴。

原载一九四五年四月十二日《新中国报》

革　新

不论何事，不论何人——一切的一切——都应该革新，都应该随时革新。非独国家应该革新，就是个人也应该革新；非独国家的政治应该革新，就是个人的行为也应该革新。

新奇的物，漂亮的人，过了几十天，或者一二年，虽然本质尚存，但是大众以为陈了老了，不敬重了，不羡慕了。次一等的物，或者次一等的人，倘然适于此时出现，那末大众一定以它为最新奇，以它为最漂亮；旧物旧人的新奇与漂亮，完全被质地不及的新物新人所遮蔽了。所以，欲保持固有的声誉，非革新不可。

我今天不谈政治的革新，也不谈事物的革新。我谈个人的革新——才能的革新，名誉的革新。

你办事的能力真大，所以大家佩服你，颂扬你。上上下下的人，上中下的三等的人，非独目中有一个你，并且心中也有一个你。大街小巷中，茶楼酒馆中，哪一个不说你好？因此你的名誉一天大一天。但是过了一二月之后，大家渐渐地冷静起来了。那不是因为你做事的能力减少，倒是因为他们看惯见惯的缘故。看惯见惯的，无不陈旧，即佳亦不妙。在俗眼中，新奇者即佳妙者。

是故欲求终生受人赞者，决不满于第一次的盛誉，而安定不动。他决不继续他的老方法，以求取新颂扬。他一定显露他的新计划，新法术，他一定动而不静，一定随时革新。

天空中的太阳，不是一件旧物么？——不，不，它的体常动，它的光不一。它东升，它西沉，它日间出来，夜间躲去——它真是一件最能随时随刻革新的物呀！诗曰：

更新改革，
万物回春。
仍其旧质，
必定长贫。

原载一九四五年四月十九日《新中国报》

以友为师

同我们交接者，是我们的朋友。我们的朋友，当然不皆聪智者，亦不皆愚鲁者。我们的朋友，大概三分之一是真正聪智者，三分之一是真正愚鲁者，其余的三分之一在聪智与愚鲁之间。他们——我们的朋友——不论聪智，或者愚鲁，都可以做我们的师。聪智者，指导我们；愚鲁者，警戒我们。

孔子曰："无友不如己者。"那句话未免太私心了。我自己是一个中等人，我专想轧上等朋友，不肯轧下等朋友。上等朋友愿意同我轧朋友么？下等朋友同哪一个去轧朋友呀？中等人与上等人轧轧朋友，不知不觉地可以变成上等人。下等人不能与中等人轧朋友，永无变成上等人的机会了。

与胜于我们者轧朋友，我们可以受得许多金玉良言。与逊于我们者轧朋友，我们何不授与少些"金玉良言"呢？我们固然喜欢得益于人，然而也应该有益于人。朋友间的利益是互相的，不是单独的，是双方面的，不是一方面的。我们可以取，也应该予。我引孔子的话，并非有意批评他，我的主旨，无非要说明——交游之道，全在互助，互相为师——一事。诗曰：

人人有劣点，

个个有长处。
德义宜乎取，
恶邪应该去。

原载一九四五年四月二十一日《新中国报》

自卖聪明

最能使人仇恨者，莫如自卖聪明。非独我们的平辈要生憎恶之心，就是我们的尊长也要这样。我们的平辈（兄弟朋友），我们的尊长（父母伯叔），当然不喜欢我们有愚鲁的言行。但是我们在他们面前卖弄聪明，存心超越他们，与他们争胜，他们不是暗暗怨怒，必定公然责骂。

请阅下面的故事：

民初北京某巨公性喜下棋。他的手法并不高妙，但他与下属或者门客“玩”的时候，总是大赢。一日大雨，他想要下棋，然而没有人来。他的儿子恰巧在旁，他说道：“我同你下几盘，好么？”儿子答道：“好，好。”他们连下三盘，父亲每盘必负，儿子每盘必胜。到了第二盘结算时，父亲已经不声不响了。到了第三盘将毕未毕之际，父亲大翻其脸，将桌子猛击一记，开口大骂道：“不孝的东西，滚出去！你一子（指棋子言）都不肯松，你要我生气，要气死我，是不是？”

据此可知优越是犯众怒的——在父子间，亦不能“原谅”。所以有才的少年，或者有才的下属，决然不可在长辈前或长官前，卖弄聪明。少年与下属对于长辈长官，只可暗暗帮助，不可明明取胜。长辈或者长官同你下围棋，你应当手松些，送他几子；你可以“断”他的地方，特意不断；你可“取”他的地方，特意不“取”；他不知道“接”的地方，你关照他道：“这里你忘记接了。”

他忘记的，不是他不知道；他很聪明，我不卖聪明。这是小辈下属，对于长辈长官最紧要的“道理”。

天上的星，不卖聪明。它们发光，但是它们总不超越月亮的光。

小辈下属，好比天上的众星。长辈长官，好比天上的月亮。倘然个个星光都胜过中秋月光，那末地球上的男男女女，焉有不大喊大叫之理？彗星偶然出现，阴阳家一定骂它大灾大兆。诗曰：

貌美患人指，
才高遭鬼忌。
聪明睿智者，
处处要留意。

原载一九四五年四月二十六日《新中国报》

毋轻信

你听了别人所讲的话，还是常常相信的呢？还是常常怀疑的呀？

世上有许多人，听了别人的话，立时立刻就相信，个个字都相信，并且相信到底。世上还有许多人，听了别人的话，完完全全不相信，一个字都不相信，并且永不相信。

这两种人，都是错误的。我们不能不怀疑，我们也不能不相信。我们应该怀疑，然而我们不必事事怀疑；我们应该相信，然而我们不应该事事相信。这就是我今天的题目“毋轻信”的主旨。

轻信者，不知辨别。听见有人说“红”，我就信以为红；听见有人说“黑”，我就信以为黑。不轻信者，善作辨别。他知道他人说的“红”，实是黄的；他人说的“黑”，实是灰的。他相信一半，怀疑一半：他知道颜色是有的，不过不是“报道”者所述的颜色。怀疑者不然，以为全是空白，以为没有颜色。

事事怀疑者，一定受人轻视，因为他人之言不一定字字靠不住。疑信各半者，一定受人尊重，因为世上只有大才大智者，始能这样辨别是非。

但是才智者，只要自己能够辨别是非，决然不可当面道破说谎者，卖自己的聪明，损他人的颜面。歌曰：

轻信易，

辨别难。
才能大，
眼界宽。

原载一九四五年五月三日《新中国报》

智与勇

智是聪明，勇是胆量。聪明者没有胆量，不能成就大事。聪明者加上胆量，决能成就大事。聪明与胆量合起来，适成伟大。

勇者能够杀敌，杀敌非有胆量不可。但最后的胜利，还仗智力。楚霸王身经七十二战，战无不利，然而不能成功，到底失败，为什么呢？因为他勇而无谋，因为他的胆量与他的聪明不均平，因为他不是一个智勇兼全的人。

非独打仗杀敌要智勇兼全，就是读书用功，也要智勇兼全。理化博物，都是有实用的科学。怎样开始？怎样继续？何者为先？何者为后？公式应该硬记么？试验应该多作么？……解决这种问题，全仗智力。解决之后，要实心实意地实行，要继续不断地实行——这是勇气。

勇气（胆量）好比人的双手，智力（聪明）好比人的双目。有手无目，是一个盲子还能办事么？手巨而目光不明者，只能用他的气力，做些粗笨工作。目明而力大者，才能完成与文化有关或与艺术有关的工作。歌曰：

智勇双全，
伟大，伟大！

勇而无谋，

有害，有害！

原载一九四五年五月五日《新中国报》

毋出怨言

我们为什么常出怨言？我们还是怨自已呢？还是怨别人呀？

倘然你所怨者是不在目前的别人，那末在目前听你讲话的，听你苦诉的，也是别人。不在目前的别人，与在目前的别人，有分别么？不在目前的别人，在过去既然敢亏待你，在目前的别人——你知道他们将来一定不会亏待你么？你对他们说前因后果的时候，他们一定表同情么？你总说自己好，别人坏，他们能够相信么？

听你讲话的人，倘然是道德高尚的，那末他们微笑，或者称是；倘然是不怀好意的，那末事情就大了。他们心中暗思道：“原来你是这样的一个人！大家都瞧你不起，我到今天才知道。你所讲的，你的怨言，皆足以证明你自己的错误，自己的短欠。……”

倘然你所怨者，确实是自己，确实是自己的错误与短欠，——倘然你明明白白把自己的缺点，告诉别人——那末你岂不是“授人以柄”么？你已经失败了，何必将细情告诉别人？我们不能无过，古人云“知过必改”。将自己的疵瑕，在亲友前“宣传”——这岂是改过？这是请求他们原谅——是不是？你想他们肯原谅你么？他们一定轻视你。

要不受人轻视，宜乎不出怨言，而常作赞语。譬如你是一个中学生，你对亲友说道：“我的资质这样坏，上学期的功课又这样难！没有某老师的殷勤指导，我哪里能够升级呢？”能作此类赞语的青年，将来到社会中去办事，无不受欢迎。诗曰：

怨言何必出？
赞语讨人欢。
意欲求荣者，
宜乎气量宽。

原载一九四五年五月十日《新中国报》

好非难者

“非难”两字，是个比较新的名词，作“批判”“责咎”“找缺点”等解。世上有专见短处，不见长处的人。他们对于任何事情，对于任何人物，总不肯讲好话，总喜欢讲坏话。他们讲的话，十九不公平，所以他们的亲友不愿意碰见他们——怕他们，恨他们。

我们自己不宜做这样的讨厌人。

这样的讨厌人，对于过去，固然不能满意，对于未来，也要大加批判。他们对于家庭，对于社会，对于宗教，对于科学文学，对于形而上及形而下的一切，总觉得缺陷不全。好好的一个“天堂”——倘然他们一进来——马上变成“地狱”。他们并非有意害人，他们真是天性残苛。

残苛的天性，我们应该设法弃除它——用修养功夫来弃除它。我们何必做天性残苛的人?

天性残苛的人，就是品行卑劣的人。他们常常在“豆腐里寻骨头”（俗语），讲无益之话，作无益之事，——只见他人之短，不见自己之短。他们以他人的微瑕（小），比自己的缺陷（大）。耶教《新约》上有下面所引的十几句话，就是教训这种人的：

> 你们不要论断人，免得你们被论断，因为你们怎样论断人，也必怎样被论断。你们用甚么量器量人，也必用甚么量器量你们。为甚么看见你弟兄眼中有刺，却不

想自己眼中有梁木呢？你自己眼中有梁木，怎能对你弟兄说——容我去掉你眼中的刺呢？你这假冒为善的人，先去掉自己眼中的梁木，然后才能看清楚，去掉你兄弟眼中的刺。

非难（批判）当然要先己后人。诗曰：

先责己，
再评人。
能若是，
近乎仁。

原载一九四五年五月十九日《新中国报》

容　忍

应该容忍什么？什么应该容忍？

容忍是不是肯吃亏，不占便宜？

本篇所讲，不是吃亏的容忍，而是宽赦的容忍。本篇所讲，专在一点，就是宽赦亲戚朋友的短处。

让我先设一个譬喻：

家中娶了一个麻面娘子，面貌很丑，但品性极佳。她的丈夫，还是应该注重她的品性呢？还是应该注重她的脸孔？她的丈夫，还是应该天天细视她的脸孔而时加批评的好呢？还是全然不视她的脸孔而不加批评的好？儿女已有，不能离婚；家务繁重，她能料理。为了一只麻脸，大闹起来，岂非笑话？所以麻脸娘子，为丈夫者，还是不仔细观看的好。结婚已经多年了，儿女已经生过了，当初既然不看，现在何必细看？容忍罢！

上面的譬喻，固然是一个极端的例子。妻的麻面，要丈夫容忍；夫的麻脸，要妻子容忍——真是不容易的事呀！本篇劝人容忍，并不这样困难。本篇劝人宽赦亲戚朋友的短处。

人非圣人，焉能无过？我不喜欢多讲闲话。我的至戚某，我的挚友某，喜欢自称自赞，自说自话——今天讲述之后，明天还要复述。这是他们的短处，然而我总容忍他们，我总不说穿他们，我总是："是，是的"，应酬他们。

我另外有几个亲戚朋友，常常到我家里来。不管我忙不忙，健不健，他们来了，总不肯去。他们久坐，他们不言不语，我不下逐客令。我敬茶敬烟，并且有时留饭。我能容忍他们的缺点。

别人短处，在最初碰到的时候，觉得很可厌，等到惯常了，一点事情也没有。第一次遇见一个麻脸，岂不可怕么？等到看惯了，有什么稀奇？

或者问道："你的容忍，有什么效果？"

下面是我的答复：

多言者，我在需要之时，请他们代办交涉。久坐者，我在出门之时，请他们看守书室。他们都是我的至亲好友，我从来没有轻视过他们，所以他们情愿为我所用。人类总是互助的。你今天得罪了他，他明天还肯为你所用么？你不能容忍你妻子的麻脸，她肯为你生男育女，料理家务么？诗曰：

多言容易赦，
麻脸极难堪。
前后虽差别，
均宜不说穿。

原载一九四五年五月二十六日《新中国报》

一笑了之

世上有许多事情，都可以一笑了之。譬如别人骂你猪猡，你天生不是猪猡，何必认真呢？你何必脸红耳赤地大发脾气，与人大闹呢？你只要假装不听见，或者嘻嘻一笑就罢了。

从前真的有这样一个性情温和的人。他是朱古微（祖谋）。那年他得了学差，到广东去的时候，途经申江。某同乡为他饯行，陪客中有个举人，是个狂人，素来自卖聪明，喜好骂人。他看见古微先生身体生得不大，衣服穿得不佳，有些瞧不起他，问道："你到广东去，搭什么船？"古微先生道："搭某某（船名已忘）轮船，后天启程。"那个人狂道："啊呀，不好了！这只船从前是专装小猪猡的呀！你知道么？"古微先生笑而不答。他又问道："你为什么笑？"古微先生道："我姓朱。湖州人朱猪两字同音，算我姓猪好了，算我是只猪猡好了。哈哈，哈哈。"

古微先生的气量大不大？脾气好不好？设或不然，他将那个举人高声高气地大责一番，大骂一顿，岂不自失身份？设或那个举人不服气，两个人扭起辫子来，打起架来，他还像个将赴任的学台么？

他很认真，我不认真；他存心骂我，我称他滑稽；他脸红面赤，我心平气和；他怒目而视，我面带笑容。旁人看起来，还是我好呢，还是他好呀？

脾气好的人，性情温和的人，总得便宜，总不吃亏。骂生困难，笑除危险。你骂我骂——大家打起来；你骂我笑——事情就完了。许多事情——困难、危险——都可以一笑了之。歌曰：

笑，笑，笑！
今天我大笑。
笑，笑，笑！
大家快快笑。

笑，笑，笑！
为何你不笑？
笑，笑，笑！
人人应该笑。

原载一九四五年五月三十一日《新中国报》

识　人

俗言道得好："不识天容易做人，不识人不能做人。"识人就是能够知道好人与歹人，能够辨别人的善恶与智愚。

能够辨别他人的好歹，能够辨别他人的善恶与智愚——这样的一个人，当然是个聪明人。反之（倘然不能这样），或将好人当个恶人，或将恶人当做好人——那样的一个人，还算得聪明么？

能识人是智者，不识人是愚者。好好的一个智者，倘然误认傻子为俊才，那末自己也变成一个傻子。就是他不以傻子为才子，就是他知道傻子是傻子，然而依旧和傻子轧朋友，依旧和傻子同进同出，共坐共谈，他自己比那个傻子更加傻了。

傻子为世界上最危险的人。你的小秘密，给他晓得了，他一定详详细细地，夸夸张张地告知有关各方。即使你挡住他，叫他不要随便讲给人听，他无不答应。但是过了几天之后，他熬不住了。他横想竖想，总想要讲。他竟讲了——并且讲的时候，加上一个"帽子"，说道："那是一件大秘密。他们再三再四不准我告诉别人的呀。……"

这样傻的人，我们理应避开他。我们不应该同他谈天，不应该同他轧朋友。为什么呢？因为这种人对我们有损无益的。同他们轧朋友，小者败坏名誉，大者伤害生命。

傻子对于我们，一点用处都没有。——不，不，他们也有用处。我们可以拿他们来做道标（Signpost），做警告。诗曰：

做人要识人，
否则遭伤失。
傻子不成人，
避离为第一。

原载一九四五年六月五日《新中国报》

言　行

“言”是言语（讲话），“行”是行为（事实）。言语不一定能够成为事实，事实也不一定根据言语。言语多而事实亦多者，上等。言语多而事实绝无者，卑下。判别人品，不可专听其言语，还要细察其行为。

古希腊某甲，白天点了灯笼在街道上一声不响地东看西看地闲行。第一旁人问他道：“为什么？”他答道：“我想找个好人。”第二旁人是一个学者，向某甲道：“你想做哲学家，是不是？然而哲学家非动笔做好文章不可。你这种离奇古怪的行为，哪里会成哲学家？我手中有本哲学书，让我念几句出来给你听，要不要？”

某甲道：“我不要，我不要听。我天性注重实际，不注重虚言。书上的字句虽妙，然而总是画饼。你肚子饥饿的时候，看书看得饱么？你要强健身体的时候，还是注重体操呢？还是专看体育书籍呀？”

看了上面的故事，我们可以知道言与行是应该并重的，是应该合一的。并且我们可以知道智识不是人生的装饰，而是人生的规例。我们应该知道富时要能节约，贫时要能忍耐，计划推进企业，读书不忘救国。

斯巴达人民最重体育，然而不定章则。或者提议道：“我们何不制定体育章程，俾后世青年得以遵从？”当时有名家答道：“不必！我们的目的，在操练少年人的身体，不在教导少年的文字。”

诗曰：

虚言与实际，
相去八千里。
专说不劳力，
诚然可耻矣！

原载一九四五年七月十二日《新中国报》

错怪人

“错怪人”是一种误会。

“错怪人”似乎是湖州土话。别处当然也有这一句话，不过湖州人以此为口头谈，讲话时常常“错怪人，错怪人”地批评他人，不责自己——尤其是女性，尤其是不摩登的，中年以上的太太们。

常常说“错怪人”者，必然是“自以为是者”，必然是真性误会者。

让我先来讲一件真性误会的实事，以见“错怪人”的可以随时发生：

我的朋友关君，做事极其谨慎。他一年三百六十五日，除了星期及假日外，没有一天不到事务所来。他所司的事，又这样重要；橱呀，箱呀，个人的写字台呀，统统都有钥匙。他的钥匙，出去的时候，必定带回家去；回来的时候，必定带回转来。二十年如一日，他决不遗忘他的钥匙。

十天以前的某晨，他居然也遗忘了他的钥匙。他到了事务所，脱去了冬季皮外套之后，在袍袋里东摸西索，在桌子上东张西望。转瞬间——写时迟，那时快——他坐下来，忽忽忙忙地写了一个字条。他按一按电铃——来了一个茶役。他说道：“你马上去，把这张字条送给太太。有东西带回来。要小心！”

说过之后，他又提起话筒来，打电话给他的夫人。我听见他说道："喂，喂，喂！……是你么？我对你讲：我的钥匙忘记带来了。在镜台左首第二个抽屉里。一大把，公司专用的。你知道么？现在我派人来拿了；有我的亲笔字条。你找了出来，给他好了。喂，喂！你吩咐他，叫他要万分小心。"

三、四分钟之后，他的夫人有回电来。我只听见他说道，"找不到？找不到，是么？哪里，哪里？岂有此理？岂有此理？……我明明摆在那个抽屉里。昨天晚上你自己亲眼看见的。……你真糊涂！……好了，好了！我自己回来寻。……真笨，真糊涂！"

他责备他的夫人，骂她笨，又骂她糊涂。他立起身来，加上项围，穿上外套，戴上绒帽。他双手插入外套袋里去取出手套来的时候——叮当劈拍——囫囫囵囵一把钥匙坠在他脚前的地上。

一分钟前，他责人，不责己；他骂太太，不骂自己。他"错怪人"。

"错怪人"另有故事；小者伤身，大者亡国。在本篇下面，我不讲亡国的大故事；我只讲一个伤身的小故事，如下：

古时西方有两个武士，一自东面望西而去，一从西面向东而来。他们两个人相遇于大凉亭中，各自坐下，略作休息。

凉亭中有碑一方，两面皆有文字。一面用金色制成的，另一面用银色制成的。一个武士——我称他为"甲"，歇息在金色的一面，另一个——我称他为"乙"——歇在银色的一面。

那甲乙两武士，开口谈起天来了。

甲道："天真热！"

乙道："真热。这里银色的光，照耀过来，更加使人难受。"

甲道："哈，哈。先生误矣。这里没有银光，只有金色。"

乙道："你的眼睛恐怕已经瞎了。我只见银光，不见金色。"

甲道："我看你年纪倒也不小。你这样的一个大孩子，连金银都不能分别么？哈，哈！"

乙道："放屁！你轻视老夫。我非打死你不可。"

乙立刻拿了刀去杀甲。甲立刻拿了刀来挡住乙。继而二人又高声大骂，又各用自己之刀去杀别人。最后甲乙都受伤流血，筋疲力尽地躺在地上。

原载一九四四年二月一日《文友》第二卷第六期

视而不见

四书上有一句话，叫做是“视而不见”。意义是：人没有心思观看的时候，一定看不到任何事物。那句话未免太决定了，太统括了。我们无心观察之时，固然见物不清，但非绝对“不见”。那个“不”字是绝对的，未免“言之过甚”呀！最好，我们把它来改一改，改成“视而误见”四字。阅众请不骂我荒唐；我有我的理由。请观下文：

当民国二十五年（？）秋季，我在南京考试院做高考襄试委员的那几天，每日清晨必乘车经过某街。车子虽然开得很快，然而我总看得见好多家店铺拿“精制妙（从女从少）法”，或“妙法专家”，或“出售妙法”为招牌的。我私自想道，我从前在南京当过高师的主任，曾经住过相当长的时间。我没有听见过南京人会“妙法”，也没有见过南京地方有“妙法”出售。他们现在居然公开出售“妙法”，并且出售的铺子又不止一家。时势真的变了！

妙法！到底是什么妙法？我非仔细调查一下不可。

第二天早晨，我经过那条街时，仍旧看见许许多多妙法店。我决意下午进去调查。

那天下午公毕之后，我赶快回旅馆。路过妙法铺子的时候，我命车夫停住，跑进一爿顶大的去研究。我一进门，就呆住了。我所预备的问题，一个都不能用，连带寒暄语都忘记了。原来他们所精制的，所出售的，不是“妙”法，而是“沙”（从水从少）法（Sofa）呀！

我不是“不见”，不过我见得不明，见得不切。我“误见”了，因为我“先入为主”，有了偏见的缘故。

偏见的故事甚多。我先在下面讲一个给诸君听：

那一天下午——多年多年之前——我们开会已毕，大家坐着闲谈。有一位姓谭的道：“现在的出差汽车真便宜呀！每叫一次，二十分钟，只要一元。倘然你先买成本的票子，每本十二张，只要十元。有时候因为抢生意的缘故，还有赠品（如香烟匣子）。”

另外一位姓陈的道：“是的，真的！不知道为什么他们还要自备汽车。出差的与自备的，一样的快，一样的到，有什么分别呢？”

谭答道：“分别是有的。出差白牌，不及自备黑牌的□。

姓陈的红了脸，微笑而作冷语道：“出差白牌，自备黑牌——错了错了，刚巧相反。我看见的，刚巧与你所说的相反——出差是黑的，自备是白的。”

谭道：“陈先生，你太瞧不起我了。我虽然是近视眼，难道连黑白都不能辨别么？”

陈道：“那是共见共闻（？）之事，何必强辩呢？倘然不相信，我们马上打电话，叫一部出差汽车来，看他是不是黑的。”

谭道：“好的！倘然出差是黑牌，我付车价。”

我插嘴道：“你们两位都不错。不要争论，也不必叫车。让我来讲给你们听：出差是黑的，也是白的。自备是白的，也是黑的。出差的黑字白牌——那是陈君所见。自备的白字黑牌——那是谭君所见。你们两位，是不是这样？”

陈君道：“我也是这个意思。不过我们总算出差的为白牌汽车。……”

我道："既然大家不错，何必再争黑白呢？让白者为白，黑者为黑好了。"

其他开会的人，最初不声不响。到了此时，全体大笑而散。

据此可知我们有了偏心的时候，非独所见与他人不同，就是所说也与他人有别，非独见得不清，就是讲话也不明白。这种糊里糊涂，性急慌忙的"误见"，我尚有故事，如下：

这故事发生在六、七个月之前。那时政府正在抄查纱布。某日，有一个不相干的人——不是正式调查员——经过某商号时，看见旁边有一间屋子，墙上有"堆货"二字。他存心寻外快，敲竹杠，立刻跑进商号，要求见他们的经理。伙友道："经理出去了。你先生有何见教？"那人道："你们隔壁栈房里，堆的是什么？是不是纱布？"伙友道："我们隔壁不是栈房，是一间空屋，从来没有堆过货物。那间屋子，当时我们预备装马达的。"那人道："哼，你骗我。"他一把抓住伙友，说道："就在隔壁，我同你去看。"

到了隔壁，那人一手拖住伙友，一手指墙上道："墙上明明有'堆货'两字，还说不是纱布么？快去拿钥匙来开给我看。"伙友一看，哈哈大笑道，"先生，你仔细看。'堆货'二字之上，还有两个字哩。你看呀！还有'不许'两字哩。……"

不看上面，专看下面，果然可以造成"误见"。但是专看上面，不看下面，也可以造成"误见"。请阅下面我们湖州的老故事：

坐蒙童馆的王秀才，已经两三年没有人请他吃酒宴了。他正在想饮好酒，想吃好菜的某日下午，忽然接到一份帖子，里面写明"是月初二日午刻便酌候光。"他乐极发抖，慢慢地把帖子从封套中抽出来。他看见"初"字，又看见"二"字上面的"一"字，马上将帖子放进封套。他自言自语道："今天正是初一。好的帖子来的早，否则来不及了。"他略事整理后，就出门去赴约了。

到了酒馆，楼上楼下不见一人。细问堂倌，始知明日有人设宴。回来再把帖子慢慢地抽出来来看——不是初“一”，而是初“二”。

次日傍晚，从从容容地换了新袍新褂，新帽新鞋再去。到了那边，仍旧不见一人。他再问堂倌道：“你昨天说今天请酒，为什么没有人呀？”堂倌答道：“请客的已经去了半天了。他们是在中午举行的。”王秀才回家，把整个帖子抽出来看，果然不错——写明初二午刻。他自称倒运，懊悔不已。

上面几个故事——连我自己的也在内——都是“视而误见”，不是“视而不见”。四书上还有“听而不闻”“食而不知其味”哩。那些“不”字，都不妥当，都应该改成“误”字。他日有暇，当再做几篇文章(?)，再讲几个故事，以见我们不论眼见，不论耳听，不论口食，往往因为偏心的缘故，而易入迷途。

原载一九四四年四月十五日《文友》第二卷第十一期

至 善

“至善”两字，是哲学上的名词。他们似乎是吾国固有的——“在止于至善”（《大学》）；其实不然。这两个字，这个名词，是拉丁词“搜门补能”（Summum Bonum）的译意；“搜门”作“极”或“至”解，“补能”作“佳”或“善”解，“至善”的确义如下：一切美德美物的总汇，即一切美德美物所自出的根源。

我今先借这个哲学名词，来讲我们的日常生活——衣，食，住，行。

（一）衣。穿大布衫裤的乡民，以为改服西装之后，一定舒适，一定美观，一定受人尊敬。他们以为西装是衣服之至善。靠了它非独可以表示摩登，并且可以得到地位。不知冬天西装太冷，非有火炉不可；夏天西装太热，非有电扇不可。社会上的地位随学问经验而来，绝非西装所能为助。我们虽然有“只重衣裳不重人”的那一句古话，但是实行此“主义”者，只有势利小人。规规矩矩办事的人们，断不专重服装而不问品学的。因此可知西装不是至善。至善的服装，是舒适的服装。

（二）食。我们还是吃鱼好，还是吃肉好？我们还是天天吃便饭的好，还是日夜吃筵席的好？一般人当然以为吃荤比吃素好，吃筵席比吃便饭好。其实，好的米饭，较劣的面包为佳，新鲜的素菜，较陈腐的鱼肉为佳……筵席不一定为食的至善。

十二年以前，在某某两个月中，我白天吃西菜，晚上吃筵席。

并且我不论日夜，总是“闹酒”，不吃饭。这样的“应酬”了五十余天，我大病了——腰酸，背痛，脚软，并且便血。医师对我说道：“你要休息。不可天天这样应酬。你每天吃的，荤多素少，酒多饭少，所以你要生病，你要便血。”照这样讲，我们中国人，每日三餐，非吃粥饭不可；否则即病。但是为什么求仙的道家要辟谷呢？辟谷，就是不食米类，不吃粥饭。道书云：“神仙以辟谷为下，然却粒则无滓浊，无滓浊则不漏。由此亦可入道。”我（旧时）以筵席至善，医师以米食为至善，道家以却粒为至善。究不知何者真为至善。我们中国人，究以何种食物为至善？究以何种食物最为适合，最多滋养？

（三）住。目下上海房屋大成问题；目下只有到上海来的人，没有向外埠去的人。我们有了储钞，找不到房屋。就是找到了，一间统厢房的“顶”费，也要十万八万；至于单幢三层楼，加一个现成电话，恐怕非五、六十万不可。大家都是马马虎虎地躲身而已。哪里还谈得到——住？

然而住是应该研究的。我们还是住在城中的好，还是住在乡间的好——还是留申的好，还是还乡的好？我们还是住平房的好，还是住楼屋的好？我们还是住在楼上的好，还是住在楼下的好？我们还是住中式石库门好呢？还是住西式大洋房，大公寓好？……这许多问题，倘然细询一百个人，一定可以得到一百个不同的回答。为什么呢？因为每一个人的心，各有他的一个至善——住的至善。人心不同，所以至善也不相同。我的至善呢？我以空气足，交通便，不喧闹为至善。然而这不是他人的至善。

（五）行。除走路外，我们的行，包括骑马乘车——电车，汽车，人力车，独轮车。真的，我们还有飞机。

自己用脚走路的人，以为乘了车可以“随心所欲”，要到哪里是哪里。坐汽车当然比较轧电车，比较叫人力车好得多，快得多。但是危险也比较大些。别人碰了我，我有性命之忧。我碰了别人，不是赔钱，定是诉讼。所以乘汽车，并非行的至善。飞机呢？飞机近处没有用，远处没有空，买不到票——也不是行的至善。那末，什么是行的至善呢？我看我们还是自己走路的好，或者轧电车也好——危险较少，责任较轻。走路或轧电车，是我现在的至善。别人当然不是这样想的。

上面所讲的，无非日常生活——衣，食，住，行，不是哲学，与哲学全无关系。提到哲学，哲理，事情大了。哲学家的派别极多；因此他们的至善（哲理）也状大异。有的以道德为至善；有的以乐观为至善；有的以自然为至善；有的以忠实为至善；更有以求智识，求自由为至善的。各派所说，各派所主张者，皆极有理。我们应该学哪一派呢？我们真是无所适从。我有一譬；譬之请客。我所邀请者，张，王，佘（从人从示）三人。他们嗜好不同。两位要喝酒，一位反对。两位喜鱼，一位喜虾。叫我怎样办呢？请阅下面不文不白，不诗不歌的七言韵语：

三个客人来我家，
姓王姓张又姓佘。
我留他们吃便饭；
大家都说“倒不差”。

张、王嗜肉嗜狂饮，
佘姓摇头且悲嗟。
张、王两君喜食鱼，
惟有佘公要吃虾。

彼此好尚全不同，
你南我北大喧哗。
出钱破钞东道主，
只得呆坐装傻瓜。

请客吃饭，比较研求哲理容易。客人喜食的，我都要了；他们当然可以满意。他们要鱼要肉，要虾要酒，我一一齐备。人人得到他所好的，当然人人愉快。但是研求哲理，研求至善，不能这样的。所谓至善者，单而不变，一而不二。我们只能信仰一种哲理，我们只能寻求一个至善。我们还是吃虾呢？还是吃肉？我们还是饮酒呢？还是禁酒？……我们还是求快乐呢？还是求自由？我们应该忠实呢？还是应该“滑头”？我们应该受教育，力求智识呢？还是应该不读书，一世愚笨？……到底什么是我们的至善？

哲学鼻祖苏格拉底以顺从国法为任何人民的至善。但是国法亦何尝不变？今日视为至善者，明日已成禁令。例如：科举盛行之时，八比（股）文与试帖诗，皆为世子的至善。后来变法自强（？），经义策论，成为至善。更后来废科举，兴学校，非独八比试帖无用，连经义策论也打倒了。国法改变之例甚多；我非历史专家，不能多举，亦不愿多举。不过我知道顺从国法，是很不容易的事。倘然这是至善，那末人民苦了——苦了！我出此言，意在“攻击”苏氏。请阅众勿疑我为无政府主义者。我是一个规规矩矩的公民。我批评苏氏，意在说明选择至善之难。我们的至善，我们处事之法，究以何者为最合宜呀！我们研以何者为至善呀！

我希望吾国学者，或外国学者，快快集合世界上的哲学家，编成一纸名单，开列他们所主张的处世法（至善），并且注明他们的信从者所得的结果。那末，我们一看，就可以明白，就可以择善而从；不必东摸西索，也能求得至善。从前有一位比国学者，曾经试行此事。不过他没有完全成功；他还偏心，且只做了一小部分的工作。

原载一九四四年六月一日《文友》第三卷第二期

谈　怒

怒，气愤也，为人生四大情绪之一。所谓四大情绪者，“喜怒哀乐”是也。吾国古书中，怒居第二位，但吾人不可以次要或从属视之。因此种情绪，与其余三种不同，最易显露自己之丑态，最易侵犯他人之自由故也。

怒，即发怒，或称发脾气，犯之者高声骂人，出手打人。余近来常在电车中及街道上见许多男男女女大发脾气，抵触他人，并且自形其暴。事实甚多，余当在篇末再述。今先陈怒之现象。

不论男女，人于发怒之时，无不面红耳赤，声高气喘，双目急转，双脚大跳，唇间发泡，青筋突出，……余今说一故事，以见之如下：

古希腊史家巴罗达克[①]（Plutarch）氏有一奴仆，其名已失。此人品行极劣，诸恶毕备，但身近主人，已学得少许哲理。一日，因犯大过，巴氏令人笞责。最初，奴仆自言自语曰：“我没有什么错误。为什么打我？”后来高声责主人曰：“他（指主人）自称哲学家。他吹牛，他不懂哲学。他常常说发怒是可丑的。他曾经写过一本小册子，就是专讲这个题目的。他今天发怒，叫人打我。那岂不是言行不符么？”巴氏在室中已闻其语，静然步至庭中答曰：“呀，你这贱人！你哪里知道我此刻是发怒呢？我的脸面，我的声音，我的皮色，我的言语，有发脾气的

① 今译普鲁塔克，希腊传记作家及道德家。

表示么？我想我的眼睛是不乱转的，我的面貌是不改变的，我的声音是不高大的。我的皮色红赤么？我的唇间发泡么？我现在所讲的话，将来会使我懊悔么？我的四肢，我的全身震抖么？红脸，高声，发泡，发抖——这些是发怒的外表，我都没有。”语毕，转向施刑者曰：“你继续工作好了，重重地打他就是了。”

怒之现象——赤色，高声，身震，粗辞——均是可耻之事。所以吾人最好不发脾气，则非独出言狂妄，且所作所为，亦不合情理。今请再述一故事：

古代有大将名毕苏(Piso)者，人品甚佳，惟性急而易于发怒。某日带征发队归营之时，发现护兵中缺少一人。问其同伴，答曰“不知”。毕氏心疑此护兵定为其同伴所杀。立时令斩其同伴。军令不可违，护兵之同伴已绑赴刑场矣。是时，失踪之人，忽然归来，于是全军之人大乐——高叫狂呼。行刑者牵住两人，至毕氏前报告此事。不料毕氏恼羞成怒，改发新令曰：“某某已判死刑，不可不斩。某某无故离营，其同伴受死刑之判，应同时处以死刑。行刑者不听上官命令，亦当斩。”发此新令时，毕氏周身震抖，声音暴横，筋骨面赤，敲台拍凳——丑态毕露——可知其已动真气矣。

由是可知吾人于真怒之时，决然不可骂人，决然不可打人——决然不可办紧要之事。在盛怒之时，医师不可诊视（恐误用药），法官不可断案（恐误用刑），……古代某名人对一骄慢者曰：“天呀！倘然我现在不发怒，我将立时死汝。”斯言也，意义甚长，吾人当仔细玩之。

最末，余当述最近所见他人发怒之实事两件：

（一）在无轨电车中，三等与头等之间有一拉门。现在三等头等不分，此门亦不关闭。有两西装者，各站立于门之左近。站于三等者，将站立于头等者轻轻一推。站于头等者问曰：“你要进来，是么？”站于三等者答曰：“只要问你肯让不肯让。”……以后愈说愈不客气，竟板起脸来，大骂“做奶娘，做奶娘，”并且一来一去，互打耳光。

（二）有卖梨者在里弄中叫喊：“生梨要么？”某姓少年，开门而出，问曰：“什么价钱？”卖梨者曰：“大者二十五元，小者十元。”少年曰：“这样贵，可以便宜些么？”卖梨者曰：“大少爷吃得起，就买。吃不起，算了。”少年立即敬以耳光，并骂之曰：“忘八的！你不做生意，来骂人么？”卖梨者曰：“我不骂你。你骂了我，又打我。”少年曰：“你不骂我？——你还要讲，还要无理。”语毕，又敬以耳光两响。……

少年人，卖梨者，搭电车者，皆无故而怒。上海全埠满是此类发脾气者。有人说此皆因投机失败，或因赌博输钱之故，不知然否。

原载一九四四年六月十五日《文友》第三卷第三期

好榜样与恶榜样

榜样有（一）好的与（二）恶的两种。这两种中，还是好的有益于人呢？还是恶的有益于人呀？我们还是见了好榜样，就会学做好人呢？还是见了恶榜样，立时避做歹人呀？

我的问题太抽象了。让我来改写，改成具体些：

我眼前有一位留学归国的大学毕业生——由学士而硕士而博士。他专攻哲学，非独精通洋文，就是国学也有根柢。他的品行，又这样端方；所以凡认识他的人没有不称他为学问家，没有不赞他“少年老成”。他的年岁，不过三十，但他的谈话，他的写作，真能使人佩服——六十岁的老头子也及不到他。的确，他配做全国青年的模范。然而学他的人并不多。认识他的青年都没有效学他的志愿。

一年以前，我亲见一个持手枪，抢金饰，打死人的强汉。我预料他一定要被捕的，一定要判死罪的。果然，他在月前已经受绞刑而死了。报纸上登载他受刑的新闻那一天，我听见一位穿西装的中年人自言自语地批评道：“强横有什么用？他到底死了！强韧者死，杀人者亦死。赌害人，赌害人！他好赌。不赌不会抢劫，不抢劫不会杀人。可惜得很！好好的一个小伙子，白白的送了性命。但是杀一儆百——倒是一件好事——尤其是在繁华（万恶？）

的上海。”

那一位不知姓名，自言自语的中年人，赞成恶榜样，不赞成好榜样。我听见他的言语，就知道他的意见，与我的意见完全一致。那就是说：好榜样不易感人，恶榜样最易感人。见了好榜样，我们不一定学。见了恶榜样，我们一定会避。效学好榜样，固然可成好人；但逃避恶榜样，也能不做坏人。国家严办犯法者，志不在感化罪人，而在警告常人。……下面是我的白话“新”体诗：

孩儿们，看呀！
看那边路旁的乞丐！
他穿的是破衣。
他吃的是冷饭。
除了一棒一篮外，
他一无所有。
这都是少小不努力，滥用钱的结果。
孩儿们，他是荒唐的代表。
孩儿们，要勤俭，要学勤俭。

我的新诗太不行了；恐怕路易士诸君见了非大笑不可。还是让我来一首“不三不四”旧诗罢，如下：

倘然要习上，
取法乎“良匠”。
榜样满天下，
或模（动向）或力抗。

“模”是模仿，“抗”是逃避。（因为平仄声和押韵的关系，我用这两个字）。我善于逃避恶榜样，不善于模仿好榜样。半部《论语》，就能治天下。我的国学根基固然不坚，但幼时也读过《四书》，又读过一经一传（《毛诗》与《左传》）。为什么常常伤风咳嗽，常常腰酸背痛，连“身”都“治”不好呢？因为我不善学效好榜样的缘故，因为我不能以圣贤为模范的缘故。

恶榜样，我倒能够力抗。数月之前，家中出了一件小事情，内子用电话通知我以后，我气极了；马上回家，满拟把儿女们大骂一番。在电车中，有两个乘客高声大闹。他们是宁波人，一个是妻，一个是夫。妻说道：“你不做正事，同女人开旅馆，推说到外埠去。今天被我找到了”。夫答道：“不关你的事。我不好玩么？”妻道：“这还是玩？那只货色（指女人）是你的表妹，又不是婊子。玩表妹，你真是好人！我是你的结发，好不管么？”夫道：“回家去讲！何必在此大闹。大家都笑，你见么？”妻道：“我不怕别人笑。我要你丢脸。”……

听了这个“演讲”之后，我的怒气倒全消了。我回到家中，心平气和地同妻儿们讲了几句话，问了几个问题，大家都笑嘻嘻地很欢喜，一点事情也没有。这不是我逃避恶榜样的实例？这不是恶榜样反而有益于我的证据么？没有他们的高声大骂，恐怕我回家后倒要高声大骂了。

原载一九四四年七月十五日《文友》第三卷第五期

何必自传

自传有写成数千字或数万字者，亦有写成数十万字或一百万字——不论长短，总以自己为题，简述或详述自己的往事，一生的经历，一生的言行。我以为写自传的目的，当在教导后人，不在“表扬”自己。我的私见，阅众以为然否？

倘然写自传的目的，必在教导后人，那末，年轻无经验可言者，不必写自传；年老而言不正，行不端者，亦不必写自传。他们当然也有“教导”后人的权力，但是，他们的著作，不可采用自传的形式。除了自传之外，小说，剧本，诗歌，论说，……都能用以启发阅读者的心思——指导阅读者脱离迷途，或引导阅读者走入正途。

行世的自传，甚多甚多；例如，美洲人樊克令[①]的《自传》，黑种人华盛顿的《从奴隶而上展》。这两种自传，学校常常用作教本。他们受得这种荣誉，小半是因为文字的简洁，大半是因为内容的有益。樊克令由学徒而大使，由粗识文字而“著作等身”，由“腰无半文”而生活优裕——他的言行，还不配做后人的榜样么？那个黑人，那位黑伟人，幼时连自己的姓名都不知道，后来著名的大学，也肯赠送他博士学位。他的努力，他

① 今译富兰克林，美国政治家及哲学家。

的耐劳忍苦，——件件是大众的模范，件件事情大众都喜欢知道。他的姓——华盛顿，他的名字——仆克，是进学校时随便瞎说的，随便杜撰的。

除了樊克令的《自传》及《从奴隶而上展》，另外还有两本极著名的自传：（一）卢骚[①]的《忏悔》，（二）赫里斯[②]的《我的生活与我的恋爱》。这两本虽极著名，然而没有人当教科书用。卢氏的书是半禁的，赫氏的书是全禁的。两书中最重要的部分，是细讲著者的婚外行为——玩弄对性。它们还没有消灭的缘故，因为人皆好奇，想要看看著者怎样老脸，不怕羞耻，并不希望效学著者的行为。卢氏赫氏，固然也提到学问，提到游历等等，并且两人的文字也极畅达。但是优雅被恶浊遮着了。阅读卢赫两氏书者，断然注意不到他们的道德。阅读卢赫两氏书者，总是摇头，总是暗笑。

我用尽心思写成一本很忠实的自传，别人看的时候，不是摇头，就是暗笑——我何必做这种工作呢？倘然我有闲暇，倘然我愿意做文字工作，我可以编一本剧本，或者写一本小说，或者做几首歪诗。我虽然是一个"诸恶毕备"的人，倒可以不受人讥；因为我用笔名，阅者不能知道我的真姓真名。

上文所谓"我"者，不是真的我呀！那"我"字指过去及未来的诸恶必备者，即精于文字而缺乏道德的人，亦即吾国所称无行的文人。

无行的文人，还有不道德的故事可讲，还有无行的事实可以

---

① 今译卢梭，法国哲学家及作家。

② 今译赫里斯，英国作家。

引人注意。倘然有文而文不雅，有行而行不高——这种平凡的人，更不必写自传。为什么呢？因为你的经历，你的学问，你的一切，与我的相差不多。除了出生的年月，父母 的姓氏，所居的地点，你的自传与我的自传，有何分别呢？这一类的自传，大图书馆的书柜中，常常可以发见。

所以，我们于写自传之前，非先问自己几个问题不可：（一）我是不是声誉卓著，大众钦佩的人？（二）我一生所作所为，对于国家，对于人民，有何实益？（三）除了我的至亲好友及子孙之外，我所作所为者，别人是否不可不知？别人是否急于求知？（四）我所要写的事，是否确切可靠？可否不欺阅者？

倘然自己的回答，全属肯定，那末自传可以开始了。那本自传告成之后，决然可以传世，或者采作教材用，亦未可知。普普通通的自传，决然不能感人，决然不能传世；至多甲等图书馆购藏而已，“置之高阁”而已。

街上的行人，来来往往的，竟日不停，真是不少。然而他们非独彼此不招呼，即闲荡而专倚柜台的店员亦不注意。大官吏出来的时候，虽然紧密地戒严，仍有窃看之人——或在窗角，或在门缝。借此可喻一切自传。行路人是无关紧要的自传，大官吏是有益于世的自传。

或者问道：“像卢赫两氏的自传，我们拿什么来比呀？”

我答道：“他们可比红妓。倘然行人或者店员知道在马路中经过的是一个红妓，我想行人一定驻足，店员一定注目。”

最末，让我来做一首歪诗，以为结束：

确有天才者，

应该写自传。
平凡无特识，
何必丢颜面。

原载一九四四年八月十五日《文友》第三卷第七期

言语与静默

言语成于声音，静默绝无声音。

你讲我听，我讲你听——我们人与人的交接，似乎非有声音不可。倘然朋友亲戚会面的时候，大家全不寒暄，寂然而坐，那末，岂不笑话么？彼此所有的意见，除了笔谈或者做手势之外，怎样能够达出来呢？做手势和笔谈，是极麻烦的事。我们既然有共同的，方便的言语，为什么不应用呀？

但是世上有轻视言语而重视静默者。欧洲从前有一位著名的外交家。他曾经熟悉德，法，英，美，俄，意，西班牙等七国文字。然而他在出席大会的时候，总是听而不讲，总不肯自己发言。他不是讲不来话，他深信“气从口中出”那一类的格言。又瑞士人也喜欢沉默，不喜欢言语。他们的碑铭上说道：“言语是银，静默是金。”再英人喀莱尔[①]氏（Carlyle）曾经在他的著作中“大声疾呼”地说（？）道：“沉默与隐密。”……他们并不反对言语；他们实在赞成静默。他们所以这样，有许多理由；我当慢慢地在下面说明。我先做一首五言歪诗，以包括他们的主旨，如下：

言语与静默，
焉能相互比？

---

① 今译卡莱尔，苏格兰文史家。

讲谈类白银，

静秘等金子。

我现在开始讲静默较优的理由：

第一：生产是静默的。五谷自春天下了种，直到秋天收获，——他们自苗而实，何尝发什么声响？但是普通的木工——要箍一只小桶，必先横锯竖锯，东敲西敲。五谷自无而有，所以可贵；木桶变易形式，当然不及。可贵者静默；不及者大闹。另外还有一件我们所不得不知的事；就是，蜜蜂造蜜，必在静默的夜间。

第二：恋爱是静默的。古人说，“恋爱是盲目的”。其实，真的恋爱，最纯粹的恋爱，何止盲目？它确然全无声息。一般渔女色者（philanderer）的“我爱你，我爱你”，何尝可靠？他们的言语，真不可靠。他们今天是情人，明天成路人。最可尊重的父子之爱，夫妇之爱，朋友之爱，决不发自唇舌，决不口说“我爱你，我爱你”。互相真心敬爱的父子，兄弟，夫妇，朋友，可以共坐数小时，而不发一语。他们虽然不声不响，但是彼此心照——一切的一切，尽在不言中。不过新认识的朋友，或者不知己的朋友，当他们来找我们的时候，我们不可静默。我们非寒暄不可，非问长问短不可，非假扮政治家，大背新闻纸不可。

第三：思想是静默的。大著作家，大发明家，都是不多应酬，不能喧闹的人。倘然他们天天在外面相打相骂，夜夜在外面唱曲唱戏，那末他们怎样能够有工夫来设计？怎样能够有工夫来创作？西洋某名家称许静默与静默的人道：“静默静默的大邦国，比天还要高，比地还要深！……静默，能静默的巨子！此处有数人，彼处也有数人。（他们散居各地），各尽其职，各自静想，各自静做。大小各报，全不提及他们的姓名。但是他们是师表，是社会的中坚。倘然没有这一类的人，或者有的人数太少了，那末那个邦国一定危险。一个森林，不可专有枝叶而无树根；没有树根，枝叶马上干枯，森林马上消灭。”

上面那三个理由，已足以见“言语是银，静默是金”了。但是另外还有理由；让我在下面随便说（写）罢：

某日下午五时，我在福州路（四马路）外滩购票，排班，轧二十路无轨电车的时候，发生一件静默胜过言语的实事。车子已经到了；指挥员偶尔离职。旁边突然来了两个“大力士”，不先排班而要硬冲上去。我适在第一“名”，但是我全无“武艺”，只有让他们“越轨”，不能令他们守规。第一人推我一推，第二人蹈我一脚。我全不作声。我向第一人望了一望，向第二人看了两眼。他们倒有点难为情了。第一人急急忙忙地对第二人道：“让他先跑呀！”第二人笑嘻嘻地对我说道：“你先跑。我让你，让你。”我真的不客气，先走上车；但是我依然不响。倘然他们推我蹈我的时候，我用言语，高声申斥他们，那末他们呢非独还要推或者还要蹈，并且一定要用粗言粗语来骂我。

我还有一个言语不及静默的实事，也是我亲身经验的：

多年之前，我以《自修的重要》为题，曾在杭州演讲。我最紧要的那几句话，是这样的：我们欲成完人，非进学校不可，非经过大学的训练不可。但是在学校中攻习的时候，我们断然不可忘却自修。有许许多多功课，绝非教室所能成就我们。那些功课，一定要我们拿回“家”来，仔细地研求，仔细地参考，然后可以明白。……

我所讲的，并不反对学校教育；我不过希望在校各学生，不忘自修罢了。不料那天有一位听讲者速记（上两字作动词用）下来的文字，与我的意见，大不相合。他写道："教育是无用的，自修是有用的。教育不能使人为完人，自修可以使人为完人。"好得他在第二天脱稿之后，立时送来给我一看——我不许他发表；否则我将为学界的罪人，难免受人痛骂。为什么呢？因为我的演讲是言语，即使错了，可以拒绝认；他的记录是文字（静默），倘然误了，无法取消。

最末——不，不——我还要写一个别人的故事——静默疗病的故事：

我的老同事某君，少年时体弱多病。他每天咳嗽，每夜失眠。医师说他有肺病，然而吃了药总不能够发生效力。然后在无意中碰见一位高僧，告诉他道："你没有病呀！你平时不肯休息，讲话讲得太多了。倘然你能三年不讲话——这就是说，倘然你在三年之内，非独不应该讲话的时候不讲话，即使应该讲的时候，也不讲话，只是微笑——那末你马上就会强健。你能这样装聋作哑么？"

我的那位老同事真的答应了，固然实行了。他现在怎样呢？他现在年老了，但是许多少年还不及他的康健。

最末——真的最末——让我写一首四言诗，以为结束：

"言多必失"，
古之明训。
静默除病，
倒是新闻。

原载一九四四年九月一日《文友》第三卷第八期

诚实与虚假

诚实是道德，虚假不是道德。我们做人，应该注重道德，实行道德，轻视不道德，离避不道德。

上面那几句话，不论宗教家，哲学家，文学家，科学家，都视为“天经地义”无法反对。但是有时我们不得不虚假，那就是说：诚实有时反而不及虚假的有价值，切实用。请看下面的譬喻：

敌兵已经攻破我们的城——城的东南角。我们的军官，我们的士兵，已经作了种种准备，将在夜间和他们巷战，赶他们出去。你是一个暗探。司令部派你调查。你东张西望，被敌兵看见了，将你一把拖住，并且用手枪指定你的胸膛而高声问道：“司令部在哪里？快说，快说！”

在这种情形下，你还是诚实的好呢？还是虚假的好呀？

倘然你喜欢实行诚实，你理应对他们说：“我们的司令部离此不远，在某街某号。我们的弟兄（士兵），我们的器械，统统安排好了。再过一二小时，乘你们不备我们一定和你们大战，把你们驱逐出去。我是一个暗探，出来打听消息的。”

倘然你不反对谎言，不避虚假，你一定哀求道：“先生对不起，请你放手。我不是本地人；我前天逃难进城来的。我不知道司令部在什么地方。我已经一天一夜没有饭吃，我想到此来寻食物。先生，原谅，原谅！”

这两种答语，你以为哪一种较多价值？较多道德？较多忠心？

我另外还有一个譬喻：

三四个强盗，已经进来了。他们手持钢刀，把住你的前后门。你住的是一上一下的单幢。你的太太和你的小孩，出去看电影了。厨房里的老“娘姨”（女仆）被绑住了，口也塞住了。你独自一人在楼上看《文友》。

两个强盗走上楼来。一个高声喊道：“站起来，站起来！”另外一个奔过来将一把刀架在你的颈间，并且性急慌忙地问道：“铁箱在哪里？金条、钻石、现钞在哪里？快说，快说！不说，马上杀死你。快说！”

你答道：“我有好几千现钞在那只抽斗里。请你们自己去看。那几千现钞是我一月的薪水，刚巧拿回家来。我们没有铁箱，更没有金银财宝。你们随便查好了。我句句真言，不说半句谎话。”

其实你所说的，没有一句真言，句句都是谎话。你开了好几爿店铺。你不是薪水阶级，你是老板。你的金条，全数藏在保险箱中。钻石的一部份（分），你的太太带了出门去了。你住的房屋虽小，然而你的家产，在此次国难中，已由五千元至二千七百万了。强盗不知你的底细，拿了三千余元钞票就跑，真是你的大幸，也是你说谎的功效。

然而我们做人，不可一味说谎，不可常常虚假。诚实当然吃亏，但是“吃亏就是便宜”。且看下面的故事：

数十年前，美国某大铁路公司中有一位年轻多才的工程师。他非独学问好并且品行也好；所以总经理及经理等，都很欢喜他。他的月薪虽不甚大，但是他的希望很多。他静待几年，勤工几年，一定可以发财，一定可以成名。

一天，总经理请他进去，对他说道：“我们决定从甲地起，中间经过乙地，至丙地止，建造一条新铁道。请你立时出去仔细一查，看到底合宜不合宜。请你马上去查，赶紧回来。”那位青年工程师的名字是什么我忘记了；我姑且称他为约翰罢。

第三天下午，约翰回到公司之后，马上就去复命。他说道：“总经理，我们这条新铁路，由甲到丙，不能经过乙地，非绕道不可；因为乙地的六百呎，不是我们的产业。”

总经理道：“是的，是的；我知道的。不过——倘然我们把路赶快造起来，他们一定不会知道的。等到他们知道的时候，我们的路已经通车了。最多他们告我们，和我们打官司。官厅里我有方法可想，不要紧的。你从明天起，尽管去筑那条路就是了。”约翰道：“不，不，总经理，我不愿意造这条路，因为强占别人的地，等于偷盗的缘故。”

次日约翰开除了。他到处觅事，无不失败；他旧时的总经理，已经通知其他十余个铁路公司，说：“约翰为人非独学力欠佳，并且品行不端，请大家注意。”过了差不多十年之后，人们渐渐知道约翰的诚实，知道约翰的不肯虚假。人们开始重用他，信托他。某大富豪，知道他可靠，请他做大公司的总经理。约翰因为诚实而吃亏十年，然而他也因为诚实而得到高职。

原载一九四四年九月十五日《文友》第三卷第九期

我们穷么？

我们穷么？

我没有拿这个问题，请教过人。不过我知道它一定有两个完全相反的答。一个是“我们不穷”；一个是“我们真穷”。我自己的答，也是这样，也是两个—— 一个是穷，一个不穷。我作答的理由，恐怕与别人的有些不同。请阅下文：

穷有两种：（一）身穷，（二）心穷。

何为身穷？没有衣穿，没有饭吃，没有屋住，没有车坐——这都是身穷。没有纸来印报，没有电来开机——这也是身穷。

何为心穷？没有礼貌，没有道德，没有科学，没有智识——这都是心穷。没有能力自习，没有方法教人——这也是心穷。

身穷易治，心穷难疗。

我们全国的人，心穷者在百分之九十以上，身穷者至多百分之二十。

我先言我国的——尤其是上海的——心穷者：

他们天天喊穷，天天说没有饭吃。然而到了中午，到了夜晚，哪一个酒馆不客满？他们说“赚的钞票不够化”；但是他们穿的是笔挺的西装，坐的是自备的三轮，看的是最新的影片。并且他们今日顶进一所单幢——八十万，明天顶进一所洋房——一百三十万；今天买黄金——五条，十条，明天买股票——千股，万股。倘然有了钞票，就成富翁，倘然钞票是富，富是钞票，那末，他们还算得穷么？

他们已经富了，他们仍旧口口声声地说穷，他们真的全无智识——真的心穷。

继言我国的身穷者：

我国的身穷者，约占人口中百分之二十——上文已经提过。这种身穷者，有了衣穿，没有饭吃，有了饭吃，没有屋住。他们大概怠惰，贪懒。他们不喜欢作工而欲得衣食，渐渐成为两手空空的人。多数乞丐，是这种人。我说“多数乞丐”，因为上海另有“少数”乞丐，也不真穷，并不缺乏衣食住行。上海少数的乞丐，固然在马路上喊痛苦，告地状。我们看见他们真穷，然而他们并非真穷。他们以求乞为职业，以叫喊为广告，以马路为办公室。等到钞票收够了，居然有“家”可归，有饭可吃。据说上海觅一个乞丐头脑①，每月所入，除开支外，在五万元以上。我们在马路上所见的那些穿破衣而哀哭的男女小孩，大半是他的“讨人”。他本人有妻有妾，觅厨司，觅奶娘。不知他是乞丐头脑者，一定以为他是阔得很的商人，乞丐头脑这样阔，当然算不真穷。他的“讨人”，作“工”度日，为主人出力，受主人保护，也算不得真穷。

真穷——我们从前以为真穷的人，是那些苦力——拉车，拖车，搬货，掮货的苦力。他们的脚总是赤的，他们的衣总是破的。他们现在的衣仍旧是破的，他们现在的脚仍旧是赤的，但是情形大大的改变了。现在的他们，每日所入，至少六百元。三人合拉一辆榻车，送货一次，价一千二百元。除三分之一归车主外，可净得八百元。试问：每日可送货若干次？三轮车夫每日所入，想必不小。他们每日到处可得多少——我还没有找到可靠的统计。据别

① 系吴语，即头目、首领。

人说，小舞场中常常有理发师及三轮车夫的足迹。那末白天愿意劳力的人，已经身不穷了。作工时虽然赤脚，虽然穿的是破衣旧裤，但“公”毕之后，娱乐之时，何尝不可西装革履？何尝不可与大少爷，小官吏“并驾齐驱”？

所以上海很少真正身穷的人。依照上海的人口计算，真穷的人决不到一百万。心穷的人，恐怕不止四百万。你看！在这种紧急的时候，他们（我们？）还要宴饮，还要看戏，……我们连轧电车的排班都不整齐；何必多提制造飞机，制造大炮呢？我们自己没有智；为什么还要骂他人欺侮我们？

原载一九四四年十月十五日《文友》第三卷第十一期

虚话实话

话之中听与不中听，不在虚实，而在陈述，不在质地，而在语法。很中听的话，不一定真实；很触耳的话，不一定虚假。反之亦然：很触耳的话，不一定真实；很中听的话，不一定虚假。我们有时喜听触耳的实话，也有时喜听悦耳的虚话。在我们有时喜听悦耳的实话，也有时喜听触耳的虚话。为什么呢？因为我们所喜听的，不是话的质地，而是话的语法。

我们常常读书阅报，也有这种情形。我们所阅读的书报，不一定讲真理，讲实话。但是我们今天细读，明天重读，总是“手不释卷”。我们阅读书报，不全在讨求真理。我们看他们的语法，看他们的语法好不好，周到不周到。说得周到，就是有点虚假，我们往往信以为真；说得不周到，就是全然真实，我们每每不大相信。所以我们看《西游记》，觉得很好；看“前后汉”，也觉得很好。我们实在看文章，看语法，不是看事实，看虚实。

邹吉甫是一个看坟墓的乡下老头子。他的小“东家”姓娄的两位少爷，三公子，四公子，到他家里来了。他招待他们的时候说道：“乡下的酒水，老爷们恐吃不惯。”四公子道：“这酒还有些身份。”邹吉甫道：“再不要说起。而今人情薄了。这米做出来的酒汁，都是薄的。小老（吉甫自称）还是听见我死鬼父亲（即“先严”之意）说：在洪武爷（明太祖）手里过日子，各样都好。一斗米做酒，足有二十斤酒酿子。后来永乐爷（明成祖）掌了江山，不知怎样的，事事都改变了；一斗米只做得出十五六斤酒来。像我这酒，是扣着水下的，还是这般淡薄无味。”三公子道：“我们酒量也不大，只这个酒，十分好了。”

这故事节自《儒林外史》第九回。一样的米，一样的水，当然做成一样的酒；决不会洪武时出的是二十斤，永乐时出的是十五六斤。邹老头的话，当然虚而不实。但是我们读《儒林外史》的时候，总觉得他们讲话讲得伶俐，讲得像一个“忧时悯世之子”。他讲得自己的酒水分不多。我们虽然听不见他的声音，但是那几句话，在那一回中，真是合宜；他的陈述，他的语法，最适当也没有了。四公子的“这酒还有些身份”，未免太老实了——毛病出在一个“还”字。那个“还”字，是批评邹老头子的酒不佳——水分多而酒少。三公子年纪大些，阅历多些，说话比他的弟弟高妙得多。他说：“我们的酒量也不大，只这个酒，十分好了。”客人的量，与主人的酒，却好相合；主人听见了，当然欢喜。三公子的“语法”真好，然而倒是一句客套话——假话。

诗曰：

语言无定质，
但看闲谈人。
虚者反为实，
真诚可不真。

讲实话者，当然呆笨；但是讲虚话者，亦何尝聪明？我们——不论受过教育的，或者没有受过教育，总能分别他人的实话与虚话。我们听他们的话，并非要“取”他们的“口供”，实在是“学”他们的语法。

有许多人在听话的时候，想求获真实，同时还想取得语法。他们做一件事，要达到两个目的，一定失败。他们的亲戚朋友五分之四常说虚话，渐渐被察觉了，一一都断绝了，那么他们岂不寂寞么？再经史子集中讲的，不一定全是真理。倘然他们只愿读那些讲真理的，那末世上之书能读者几何？我们读书，应当听孟夫子的教导，“尽信书则不如无书”。

原载一九四四年十二月一日《文友》第四卷第二期

是与非：交情问题

何为是？何为非？

世上没有是非？我以为是者，别人也以为是么？我以为非者，别人也以为非么？从前以为是者，现代仍以为是么？从前以为非者，现代仍以为非么？吾国以为是者，别国也以为是么？吾国以为非者，别国也以为非么？

谁有判断是非之权？是你么？还是我呀？是官长么？还是平民呀？

我不能答复这些问题；我也不强答这些问题。我讲故事：

我的遗族中，有一位老长辈。他的文理很好——精于八股——三十余岁就考得进士。他分发到江西去做知县（县长）的时候，因为是“老虎班”（科甲出身），候补不久，即得实缺。

清光绪初年，所谓地方官者，既是行政官，又是司法官。知府知县都要坐堂，审问讼案，刑事的或者民事的。我家那位老长辈，固然读过诗文，但是没有读过律例。他当然不知道裁判之道，不能辨别原告被告的曲直。某次，有堂弟两人到他的衙门里来告状，争夺家产。他看了他们的（两造的，双方的）状子，已经万分疑惑了；他们的文字是都很美，他们的理由都很充足。为什么要打官司？后来亲自坐堂审问他们的时候，甲所提出的证据，不弱于乙所提出的；他们所答的话，在我家那位老长辈听起来，也一点破绽都没有。他摇摇头，又点点头，他又摇摇头，又点点头。

如是者多次之后，他对甲乙两兄弟说道："你们两人都有理。这件案子，我断不来。我不能说谁是谁非。你们回去罢；你们回家去，各自另行想法罢。"

他审盗案，也是如此，也无法决定。所以不上一年，官被"参"了。然而，阅众请勿笑他做官不来。世上难分曲直，难断是非的事情真多哩。岳武穆的精忠报国，谁人不知？谁人不晓？但是不久之前，还有人批评他，非难他，几几乎我骂他。提岳飞，不是有意要讲史事；我提岳飞，存心说明是非之不定。哪一件史事，不能翻案？……我不精于史事；还是让我再讲一个是非难定的故事罢：

这个故事，出在十四世纪的意大利国。当时有一位法官，其名已佚。另外有两位著名律师，一位叫做巴笃乐士①（Bartolus），一位叫做鲍鲁图士（Baldus）。他们来打官司的时候，彼此善辩，周密万分，绝无破绽；所以那位法官，虽然精通律例，深明手续，终不敢断定谁是谁非。他不敢判决，不能判决；他在记录簿上写"交情问题"（Question for a friend）四个大字。他的意思是这样的：此案难断，双方似乎都无错误。倘然甲方是我的朋友，我就说甲方是，乙方非。倘然乙方是我的朋友，我就说乙方是，甲方非。

世界上的"交情问题"，世界上两方都是的问题，两方无是无非的问题，不专限于讼案。人类所注重的道德问题，也是如此。让我来讲个笑话——也是事实——以为本篇的结束。

夫妇行房，总在私室中，总在黑暗中。这是我们的风俗，也是我们的道德。设或不然——倘然我们白天在公园中作夫妇的举动——那末大家都要骂我们不道德，称我们"白昼宣淫"。但是在

---

① 今译巴托鲁斯，意大利法学家。

我们本洲南部的某邦，夫妻“行礼”，不是私事，而是“公”事。他们的行礼，大半在白天，大半在广场，是不避人的。他们称我们“暗窃”，称自己“公开”。他们以为我们不道德，以为自己道德。究竟谁多道德？谁不道德？究竟谁是谁非？究竟他们是呢？还是我们是呀？究竟他们非呢？还是我们非呀？

道德问题，风俗问题，哲学问题，文学问题，……世间许许多多人生问题，都是“交情问题”，都难断定是非。诗曰：

“公说公有理，
婆说婆有理”。
两老皆难辩，
是非难断矣。

原载一九四五年四月一日《文友》第四卷第十期

储力

人们知道万事总有个限度；例如，体小的舟车，不宜装载过重的货物；否则非独破坏舟车，并且损伤货物。但是关于本人自己的身体，这个通例又忘记了。人们——我们——白天这样努力工作，为什么到了晚间，还要做不正当的游戏呀？我们既已忙了一天，夜间理应休息，理应睡眠；为什么还要打通宵麻将？

我们在工作的时候，理应工作；我们在休息的时候，理应休息。工作之后，继以休息——这就叫做“储力”。

储力不是贪懒——不是在工作时间中不肯多用气力的意思。

储力好比储蓄；我们将多余的金钱，存入银行，以为他日之用，以备万一之需。

金钱不可浪费，精力也不可浪费。

世上有不少浪费精力的男男女女。让我来举个例子：某姓少女，是个大公司的打字员。依照定章，她必于早晨九时前到办事处，下午五时散班。她的工作很忙；除了吃饭及两“便”之外她几几乎没有一点空闲。

她起身极迟——在八时左右。赶快洗脸，赶快梳头，赶快早餐，赶快出门——已经八点三十多分了。她恐怕赶不上九点钟，所以赶快喊黄包车，或者三轮车。

到了公司，忙过六七小时，她理应回家休息睡觉。然而她不这样。她从不拒绝男友的邀请——吃咖啡，晚餐与跳舞。

她最喜跳舞。她以为跳舞是消遣，是享受。她每夜跳舞，并且一定越过规定时间（十时）。跳舞用腿用脚，与跑路相等，与跑路相等的吃力。她每夜跳舞三小时，等于每日跑路三公里；回家之后当然甚为疲倦，次日早晨，当然起不起身。

人为万物之灵；何以对于自己的身体，这样的不保重呀？何以要这样无所为的耗费自己的精神呀？倘然那个少女，白天可以安睡，倘然她白天可以不做工作，不吃“人家饭”，那末她当然可在夜间与男友跳舞——跳到天明也不妨，以舞为业也不妨。不过她白天已经太忙；夜间再忙，身体哪里吃得住？小小的一只船，或者小小的一辆车，至多载一吨重；哪里能多载两吨货物呢？

“万物之灵”的人类，反而不及下等动物的聪明而能自制。小猫左旋右转地自追其尾，自捉其尾。追到捉到之后，却又放了，放了之后，又去追捉。如是玩耍了相当时间之后，小猫自觉体倦，遂即停止“玩耍”，安然睡眠；任你怎样挑拨，她一定不理不睬。

狗也知道自游自止。

难道我们人类，反而不及猫狗么？倘然真的这样，那末我们理应仿效它们。通宵麻将的我们，或者通宵跳舞的我们，何以这样自伤其元气？何以不看看家中的猫狗而学些乖处？

载足乘客的车不可趁，日夜忙碌的（工作）不可做。前者容易出事，后者容易气绝。请阅下面四字歌：

不论人物，
过劳则病。

应休而作，
岂是天性？

原载一九四五年七月一日《文友》第五卷第四期

写　作

写作，就是用笔墨在纸上东涂西抹，世界上没有比它最容易的事了。涂抹的结果，或者立时付印，或者略待时日，都是作品。至于内容呢？材料呢？拿什么事实，拿什么人物来涂抹呢？那更容易了。在城市中或乡村中，每天总有几件奇事发生，几个奇人出现。择最奇的涂抹出来，或成故事之形，或成剧本之形，或制为三言，四言，五言，七言的歌曲，印好之后，在报上大登特登，托朋友大吹特吹，哪怕不能在短时期中畅销全国，“通行天下”？

材料到处可找，随时可找——这不是我个人的私见，从前法国大文豪法郎西田①（生于公历一八四四年，卒于一九二四年），曾经说道：“倘然别人一定要我写作，一定要我日成数万言，我虽然在全无材料的时候，也办得到。我把他人的著作，东拖一段，西找一段，颠之倒之，贯串起来，就变成我自己的著作了。阅众不必讲，就是第一流批评家也不知道我是抄袭来的。我还有另外一种本能。拿一本百货公司的目录来，东翻西翻，我马上可以编成短剧多本。”

材料固然丰富，但是我们为什么不做别的事情而喜欢写作呢？我们为什么不耕田，不推车，我们为什么不做成衣匠，不做机器匠？……我们写作，为的是金钱么？是名誉么？为的是文化么？

① 今译法郎士，法国小说家及讽刺文家。

我答道："都不是，都不是。"我否定的理由，在下面说出来。

倘然我们涂抹，为的是金钱，那真的滑天下的大稽了。目下的稿费，每千字至多不过储钞二百元，至少四、五十元不等。试问：每日能写成几千字？今天写了三千或五千字；明天后天还能继续写这许多么？酱醋茶盐当然不必吃，也不必买。但柴米油万不可缺。不吃饭，肚子饥饿，不能写作。拿了四五十元或二百元，能买多少柴？能买多少米和盐？靠写作的稿费来过生活，恐怕苦得很罢，恐怕及不来油漆匠罢。所以我们涂抹，倘然为的是金钱，还是放去笔杆，改用刷帚。

然则为的是名誉么？某少年的得意之作，偶尔被外行人发现了，告知内行人道："在某某刊物上，某某人的那篇某某论说，的确做得很好——言之有理。想你已经看见过了。"内行人是文人，是作家，是同行。外行人不是作家，或者是做买卖的。内行人听见外行人的话，开口答道："我是不看那些狗屁的。他的文字还看得么？非独文理不通，并且别字连篇。他是刚巧出学校的小孩子，配做文章么？配称作家么？他的写作，恐怕都是抄来的。"

经内行人一言，外行人马上就相信无疑了，以后再也不看新作家的论说了。经内行人一言，那位新作家的名誉，就此打倒了。

世上作家与作家，本不互助，反而彼此詈骂。世上作家，莫不自重其作品，而轻视他人的作品。好做白话文者，恨见他人的文言文；好做文言文者，讥笑他人的白话文。好做新诗者，不赞成旧诗，好做剧本者，不阅读小说。此类情形，在著作界中，并不稀罕。各个作家，以为非此不足以自见其才。故各人各赞自己，不赞别人。各人要自做领袖，压制他人。在著作界中求名誉，难哉，难哉！

那末，写作的目的，似乎是增高文化了，然而大谬不然。所谓文化者，包括极广，如建筑，如美术，如交通，如服装，……三、四年来，在日刊期刊发表的宏文巨论对于这许多问题，有何建议？有何发明？就是文学本身或为小说，或为剧本，或为诗歌，有何不朽之作？三、四年来，我们所见到的作品，大多数为新式八比，为不明不白的言论。他们的目的，决不是增高文化，而文化也决不是这样涂涂抹抹就可以增高的。

照上面这样讲，写作的目的，究竟何在呢？这个问题不容易作答，我也不能作答。我最好不作答；让真正的作家去作答罢。

我非真正的作家，因为我没有成本成册的书籍印成，又因为我缺乏两个主要的条件，第一个条件是文字；第二个条件是智识。凡欲成一真正作家者，必文字通畅，智识圆满。我的文字，不文不白；我的智识，一知半解。因此，求钱求不到，求名也求不到。至于增高文化，更非小子所能。我所以常常为日刊，为期刊涂涂抹抹的缘故，因为手头有纸张，有笔墨，借他们作消遣罢了。凡有笔墨纸张者，倘然他愿意把他们来消耗，当然可以称作家，不过他的作品，或传或不传，总要靠他的文字和材料。

原载一九四四年四月一日《中华月报》第七卷第四期

习惯

骨忒，骨忒——骨忒，骨忒，骨忒——骨，骨，骨，骨——这是一种声音，一种玩指关节（游戏）的声音。玩指关节的方法是这样的：天天把手指的关节硬折，用力地折。最初不发响声。渐渐就有“的，的”之声。后来随时随地，经主人一按，即“骨忒，骨忒，骨忒”地继续不已。吾国善于仿这种游戏者，大多数为理发匠。

希腊哲学家巴拉图[①]（生于公元前四二七年，卒于三四七年），一天早晨碰见一个男孩正在玩这种游戏——骨忒，骨忒，骨忒，声音很脆。巴氏大大的责他道：“不长进的东西！不长进的小东西！好的事情不做，这样虚掷光阴！”那个男孩已经弄惯了他的指节，嘻嘻地微笑，又不知不觉地骨忒一声，说道：“这是一件小小的事情。你为什么这样大大的骂我？”巴氏答道：“这是习惯，还是小事情么？没教训的东西！”

“习惯成自然”“习惯是第二天性”……这都是形容习惯的把持力。我们幼时得了恶习惯，终身不能脱离；例如，随处吐痰。所以为父兄者，应该注意子弟的习惯。小孩子常常以石掷鸟，以棒打狗，以巧计夺同学的玩物，以粗辞骂家中的仆人。溺爱的父母看见了，听见了，非独不肯责罚，反而哈哈大笑。他们以为小孩子应当有这种活力，有这种精神；否则将来长大成人，不知道

① 今译柏拉图，希腊哲学家。

处世的方法。其实大误大谬，这种恶行，倘然成习惯，就是将来的残忍，将来的不法，……。我有五言歪诗，如下：

习惯成自然，
物无比之坚。
少小不奸恶，
老来成圣贤。

癖性已沾染，
医师不能痊。
为人父母者，
最忌是心偏。

我已经写了几乎五百字，本想停止；但是我还要讲一件关于恶习惯的事，所以继续下去。

我所要讲的事，只发生于吾国，别国似乎没有。这件事就是敲台拍凳。拍凳比较敲台为少，故下文专讲敲台。

敲台，亦称击桌。吾国许多文人，在闲谈的时候，好用手指在桌上笃，笃，笃地乱击，想是郑重语势的缘故。或者用手掌在桌上拍，拍，拍地乱敲，想是心中狂喜的缘故。我有一位从外路来的朋友，就有这种举动。我再三提醒他，然而他总不注意。我们是熟识的好朋友；他敲我的桌子，当然不成问题。有一天，他不知不觉地敲了旧式店铺里的柜台。他们马上不答应，要他赔不是——点蜡烛，放鞭炮。其实，我那朋友，存心不恶，并非有意触他们的霉头。他弄惯了，少年时候没有人提醒他；所以至今未曾改去，所以闹了一个小笑话。

坚强哉，习惯！我们习于圣则圣，习于闲则闲，习于盗则盗，习于贼则贼。旧时法国有一个小孩子，双臂全失了。他用脚代手。渐渐地他能够用脚雕刻，用脚脱帽，用脚缝衣，用脚梳发，用脚放枪，用脚玩纸牌，……总而言之，凡他人用手所作之事，他都能以脚为代。旁观的人，以为极奇，赞叹不已。其实，习惯而已。看书看得快，写字写得美，也是习惯。

原载一九四四年五月一日《中华月报》第七卷第五期

环境与道德

环境与道德，有密切的关系。什么环境，产生什么道德。何为环境？何为道德？

环境就是我们所居之地，所居之时——就是我们的现在。道德就是我们要做之事，不做之事——就是我们的品行。我们的现在，倘然是恶劣的，那末我们的品行也一定恶劣；我们的现在，倘然是善良的，那末我们的品行也一定善良。换句话说，好道德产生于善良的环境中；不道德产生于恶劣的环境中。

我依照这个题旨，把它们（环境与道德）的相互关系，在下文中约略说明。

先说家庭。大户人家的子女，总比低微人家的子女文静些。大户人家的子女，虽然也有愚笨的，也有贪懒的，但总不像低微人家子女那样扰闹，那样相打相骂。大户人家的子女，总知道念书，总知道习字……总知道规规矩矩地称呼尊长。为什么呢？因为他们所见的，所闻的，都是好榜样，没有恶榜样，所以他们的天性即使不良，他们的品行决不坏至极点。低微人家的子女，每天所见的，全是粗人，所闻的又是粗话，家中没有一张纸、一管笔，他们当然不知道念书习字——不知道上学，只知道争闹。

再言地方。倘然全村人口中的百分之六十，都是赌棍，或者都是酒徒，或者都是盗贼，那么其他的男男女女（百分之四十）渐渐的也会变成赌棍，或者酒徒，或者盗贼。倘然百分之四十中的一人独自“清高”，而对百分之六十中任何人说道：“你们赌，我不赌。我非独自己不赌，并且劝你们也不赌。赌钱不是好事情——是伤身财德的事情。”或者说道：“不要狂饮！当此大乱之时，当此米珠薪桂之时，你们还不知道节约，还要这样荒唐。”或者说道：“强抢暗窃，不是君子之行为，并且触犯国法。哪一个拿过别人的东西的？赶快送归原主！否则我要去报官了。”听他话的人，一定向他微微的笑，一定暗骂他“笨汉”。倘然听话的人，不是赌棍、酒徒，而是小窃大盗，那么他非独不能维持他的道德，并且不能保全他的性命。

据此，我们知道在大乱之时，在大乱之世，不道德的人，一定比较好道德的人为多。在大乱中求道德，求富于道德的人，好比“缘木求鱼”。古时罗马诗人裘维纳（Javenal）有短诗四行道：

> 正直且无过失的人，倘然出现于人群中，
> 要比一个四手四足的男孩更加稀奇，
> 要比农夫在稻田中捉到大鱼更加稀奇，
> 要比雌鸡产鸭更加稀奇。

裘维纳生于公元（约）六十年，卒于（约）一百四十年。让我把他的诗译成我们的韵文罢，如下：

> 稻田不产鱼，
> 鸡腹何来鸭；
> 乱世求高人，
> 确然是戏狎。

最末，我敢说，一个时代的道德，一处地方的道德，必有限止，必有标准，不论男女老幼，总离不开这个标准。所谓道德全者，不是真全，不过比较好些罢了。天下最易同流合污，最难众浊我清。

原载一九四四年十一月十日《光化》第一年第二期

自满与灰心

“自满”等于——不上进。“灰心”等于——没有志气。两者似乎不同，但有一公共之点，就是：愚鲁。少年人——或者中年人——当然不肯做傻子的；那末，这两件事都应该逃避。

我二十四岁开始在苏州英文专修馆教学英语的那一年，曾经碰到一位自满的青年。他姓吕，江北人，由提学司毛实君亲自取入英专，据说他的国文很好，很有根基。英专的招牌已经悬挂之后，英专的教员已经聘齐之后，英专的学生已经报到之后，正式开学上课之期，尚未十分决定。在这闲荡中，某日下午，忽然有一个身长六尺的，肥肥胖胖的学生跑到我的卧室中来。他就是那位江北的吕君。他见了我，先下跪，再打恭（前清见老夫子的礼仪）。我回礼之后，就请他坐，问他的姓名年岁。……后来，我见他“眼睛对鼻头，手搭膝盖头”的坐得很稳，没有话讲，问他道：“你来找我，有什么紧要的事情么？”他答道：“有的，有要事请教。此地是英文专修馆，不过——不过，先生，我已经——英文书我已经读完了。英国所有的英文书——《英华进阶》一至五集，《华英文通》全册——我统统已经熟读了。另外还有什么英文书？另外还有可读的英文书么？我听了他的话，几几乎放声大笑；但我不久就要做他的老师，哪里可以这样轻狂呢？我定一定神，板起脸孔答他道：“有，有，多得很。开学后，你自然知道。”他自言自语道：“《进阶》全集，《文通》全部，还不够用？”他起身告辞而别，口中还不断的说：“还有？还有？文法读本都齐备了，另外还有什么？就是有，什么用？……”

不久那位自满的吕姓，因为跟不上同班的人，不得已而退学。他不愿温故，他不愿知新，他不知道自己“蹩脚”。

两年之后——到了二十六岁（宣统二年，即公历一九一〇年）——我在江高[①]教学的时候，遇到一位每课必灰心的戴姓“同学”。他对于用英语写成的教本，句句都有疑惑。他的疑惑，不在字义，而在组织，不在事理，而在文法。不满十个字的一句短句，意义极为明显。不过其中有个动词，著者依照修词学的原理，将他倒置了。“为什么？什么道理？”他想不透，看不懂。他来问我，我刚巧不在。他大失所望，他大灰其心——他全夜未睡。第二天，他生起病来了，头痛发热。第四天下午来上课，问明白后，甚为得意。但是新的困难又来了。上文前后两语，中间用支点夹开。下文两语，性质完全相似，但不用支点，而用一“及”字。“是什么道理？见修词原理第几条？”他来问我，又找不到。他又不睡，他又生病。这次灰心，比上次更加大了。他认真的头痛，认真的发热，直至下学期开始，然后复元。

到了第二学期，他更加忙了，更加苦了，更加容易灰心了。第一天上第一课，在那本简易心理学的第一页上，他就遇到一个惯语（Idiom）。他知道它的意义，不过他不明白它的结构。他来问我，我对他说道：“戴君，这是惯语，很不容易照普通文法来分析。两年来你闹文法闹够了。现在开始读心理学，我想你还是注重心理原理的好。……”

---

① 系指晚清末年官立江苏高等学堂，位于苏州沧浪亭，作者在该校任“英文兼心理辨学（即论理）教员。”

我的话还没有讲完，他放声大哭道："先生，我喜欢读英文，然而英文这样难。我灰心了，我决意退学。"

上面所讲的吕、戴两人，岂非都是傻子么？一个不肯学而自暴自弃，一个想要学而不得其法，所以失败。我们不论为学，不论办事，皆宜循序而进，一方面要不自尊自大，另一方面，要不怕困难。下面那几句歌曲式的话，我专为青年而作：

上进，上进！
志向大！
功夫深！

前进，前进！
莫自满！
毋灰心！

原载一九四五年一月十六日《申报月刊》复刊第三卷第一期

编后小记

金小明

民国时期著名的藏书家、编译家、散文家周越然（1885——1962），在沉寂了半个多世纪以后，那些反映他在文化启蒙、传播、教育等方面事功与心迹的文字作品，日益受到人们的关注。作为上海沦陷时期一位具有社会影响的重要作家和不无争议的文化人物，周氏的集内、集外作品，更已进入了探寻者、研究者的视野。

周越然于中、西文化浸淫日久，涉猎甚广，撰述亦丰，不少文字在他生前未及汇订成集，曾使后人有“文字飘零谁为拾”之叹。系统、细致地搜集、挖掘、整理相关的材料和文本，仍然是一项不可或缺的基础性工作。为此，王稼句先生委托我将周氏的主要集外中文作品，分类编辑，汇成《修身小集》《文史杂录》《婚育续编》《风俗随谈》《旧籍丛话》数集，与修订重刊的《情性故事集》《性知性识》《书书书》《六十回忆》《版本与书籍》等，一并纳入他与陈子善先生共同主持编订的《周越然作品系列》梓行，力图对周氏佚文的整理工作，作一个阶段性的回顾。

《修身小集》，主要收录周越然于1944年4月至1945年7

月间，在上海《新中国报》（《学艺》专栏）、《文友》（《随笔》专栏）、《中华月报》《申报月刊》等报刊上发表的一百二十二篇说教、言志类的随笔。

周越然的文章，并不涉及现实政治，谈论的多是修身、养性、从善之道，常以小故事设譬取喻，穿插着自撰或译述的浅白歌谣，清新别致，文风朴素，体式上也有特点，表现出自由抒写的意趣。这些通俗化的文学写作，反映了他对社会与人生平实而开朗的态度。当年，曾有人称周氏为“道学家”，从这些絮语短章中也可看出一些端倪。

年来，编者生活迭遭变故，饱受讥弹，身心俱疲。编校中，常以周氏修身文自勉自励，多所宽怀，尤感悟——对“错误的各责”固然可以“一笑了之”，对“好非难者”，也许很难做到“毋出怨言”，但总还要保持“自知之明”，守住“适可而止”的底线。

在编订方面，编者对原版明显的笔误与印误，迳行改正，不另出校记；对需要适当解释、说明的方言、俗语等酌加按语；对当年习用的标点符号、通假字及具有作者行文风格的语文现象，一般并不按现行标准统一，以保持历史原貌；对一些重要的西洋人名，周氏的译法比较独特，为帮助读者查考，特编制《译名简览》，附出卷末。

刘永平君对编订工作多有助益，谨此致谢。

2017年1月15日　金小明识于金陵心远斋